お坊さんがくれた

涙があふれて止まらないお話

浅田宗一郎

PHP文庫

○本表紙図柄＝ロゼッタ・ストーン（大英博物館蔵）
○本表紙デザイン＋紋章＝上田晃郷

はじめに

一　超・短編小説

本書は一つの作品を十分ほどで読んでいただくことができ、全編を通して平易な言葉を使わせていただきました。

物語の共通テーマは、「家族・愛する人との絆」です。

この、「超・短編小説」は、読者の年齢や性別を選びません。

私は、老若男女すべての皆さまにご理解いただきたいと願って十六の物語を創りました。

二　勝者のいない物語

十六人の主人公はそれぞれ夢を持っています。

しかし、全員が挫折を経験します。なかには完膚なきまでに叩きつぶされる者もいます。それでも主人公たちは決して諦めません。力尽きて倒れたところから、もう一度立ち上がり、前に向かって歩きだします。

この十六の物語には、勝者はいません。

しかし、敗者もいません。

主人公たちは、喜びや楽しみはもちろんのこと、苦しみや悲しみ、さらには絶望さえも受けとめて、ひたすら命を輝かせていくのです。

三 一筋の光に

私は物語が好きです。私にとって創作は何より尊いものです。

物語は、「無」から「有」を作ります。

私には、それが新しい生命《いのち》を産みだすように感じるのです。

物語《フイクシヨン》は事実ではありません。

しかし、私は、物語には、この世界の真実をあきらかにして、多くの人びとに生きる勇気を与える力があると信じています。

人間の世界は苦しみに満ちています。

ほぼすべての者に奇蹟はおこりません。現実的に、私たちは、一生、悩み、苦しみ続けなければならないのです。

だからこそ、私は、物語を通して、勝てなくても絶対に負けない人間の姿を描いていきたいと思います。

私は、この十六の物語が、それぞれ、「一筋の光」となって皆さまに届くことを願っています。さらに、私の作品がほんのわずかでも生きる力につながれば、これ以上嬉しいことはありません。

それでは、皆さま、物語の世界へお進みください。

そして、十六人の主人公と一緒に、かけがえのない命を輝かせてくださいませ。

浅田宗一郎

涙があふれて止まらないお話　目次

3章

生きる勇気をもらえるお話

4章

傷ついた心を癒してくれるお話

本文イラスト：堀越克哉

1章

本当の幸せが見つかるお話

一生

私は、昭和十年に神戸で生まれた。太平洋戦争がはじまったときのこともよく覚えている。日本全体が暗い闇にのみこまれていくようだった。昭和十九年、父親がサイパン島で戦死した。昭和二十年にはいると、アメリカ軍が日本のいたるところを空爆した。神戸も焼け野原になった。街にあふれた死体は、みんな苦悶の表情をうかべていた。十歳だった私は、「人間は恨みながら死ぬのだ」と思った。

戦争が終わったとき、神戸はまさに廃墟だった。だけど、私が住んでいた海辺の長屋は無事だった。

母親は、「美子《よしこ》、これからは二人でどんなことも乗りこえていこうね」といった。

そのことばどおり、母親は戦後の混乱期から復興期にかけて一日も休まずに働いた。私は、いつも笑顔で母親の手伝いをした。生活は苦しかったけれど、毎日が充実していた。

年月が経っていく……。

昭和三十五年。神戸は高度経済成長の真っただ中にあった。二十五歳になった私は、縫製工場で働いている。ある日、工場長の紹介でお見合いをした。

「はじめまして、山本達彦《やまもとたつひこ》です。三十三歳です」

目の前の男性は、目が細くて、体が大きかった。私はそばにいるだけで安心した。別れ際に、「美子さん、また会えますか？」と尋ねられたときは胸が高鳴った。

達彦はケーキ職人だった。手先がとても器用で、可愛らしい洋菓子を次々とつくった。柔道家のような大男が背中を丸めてケーキをつくる姿は微笑ましかった。そして、私と達彦は、出逢ってから二年後に結婚した。

「ぼくには家族がいない。だからお義母《かあ》さんを大切にしたい。美子、みんなで一緒に暮らそう」

達彦の提案で、私たちは、母親が住む長屋のとなりの空き部屋をかりた。ちなみに、達彦の両親と兄弟は、戦争で命を失っていた。そして、達彦自身は、なんと特攻隊員だった。達彦は、「戦争があとひと月のびていたら、ぼくは間違いなく死んでいた」といった。

昭和三十九年。私は二十九歳のときに赤ちゃんを産んだ。愛《あい》と名づけた。

このころ、愛を抱いた私と達彦と母親は、よく縁側に座って話をした。長屋からは神戸の港がよくみえた。潮風はいつもやさしく体を包みこんでくれた。港から目を転じると、六甲の山々がそびえたっていた。海と山がこれほど近くに、しかも絵画のように存在しているところはあまりないように感じた。

達彦は愛が生まれたことをきっかけにして、駅前の商店街に店舗をかりて独立した。

店名は、「ボーテ・アムール」。フランス語で、ボーテは美をアムールは愛をあらわす。

達彦は真新しい立て看板をみながら、「いつも美子と愛が見守ってくれてるからがんばるよ」といった。

ケーキ職人の朝は早い。達彦は毎朝四時におきて五時には出勤した。朝の四時は一年中真っ暗だった。私のほうは母親に愛をあずけて九時の開店に間に合うように家をでた。

達彦は店を持ってから、より仕事に励むようになった。「ボーテ・アムール」は、毎日、たくさんのお客でにぎわった。

私は、あるとき、「あなた。ずっと不思議だったんだけど、どうして洋菓子をつくろうと思ったの？」と尋ねてみた。

達彦は、「……ぼくの仲間は、特攻で死んだ。特攻が成功したのは最初だけだ。最後のほうは、ほとんどアメリカ軍に海上で撃ち落とされた。それでも、ぼくたちは飛び立たなければならなかった……。戦争が終わって、はじめてケーキをみたとき、ぼくは笑った。うれしくてたまらなかった。『殺し合いは終わったんだ』『幸せな時代になったんだ』と思った……。ぼくは、もう人間が苦しむ姿をみたくない。ぼくにとってケーキは笑顔の象徴なんだ」といった。

涙がこぼれた。私たちの青春はあまりにも悲惨だった。苦しみに満ちていた。この話をきいて、私は、あらためて、達彦を支えていこうと思った。

それから二十五年の歳月がながれた。

昭和六十四年一月、昭和天皇が崩御《ほうぎょ》された。年号は平成になった。西暦では一九八九年のことだった。私は五十四歳、達彦は六十二歳、母親は七十七歳の喜寿《きじゅ》をむかえた。そして、愛は大学を卒業して、「ボーテ・アムール」を手伝っていた。

翌年、愛が大学時代からつきあっていた大村洋二《おおむらようじ》という男性と結婚した。母親は、孫のウエディングドレス姿をみてとても喜んだ。

しかし、そのあと母親は体調を崩して入院と退院を繰り返すようになった。

三年後の一九九三年。桜の季節に母親は自宅で息をひきとった。八十一歳だった。私は悲しくてたまらなかった。だけど、戦争を経験した者として、畳の上で母親の最期を看取ることができて幸せだとも感じた。

その年の七月十一日、愛が出産した。私は、愛と洋二が住む神戸のマンションで、純《じゅん》と名づけられた男の子を抱いた。体がふるえるほど感動した。

終戦から四十八年が経っていた。神戸は洗練された大都会になった。海も山も輝いている。私は、この美しい街で、ずっと達彦とケーキをつくり、孫の世話をしながら、豊かな気持ちで過ごしていくのだと思った……。

一九九五年一月十七日午前五時。

「それじゃ、いってくる」

達彦は笑顔で長屋をでていった。私は達彦を見送ってから、すこし仮眠した……。

ドォオオオンッ！

大地が爆発したような衝撃音とともに体が天井近くまではねあがった。

午前五時四十六分。阪神・淡路大震災発生。

私がいた長屋は平屋だったこともあり、なんとか持ちこたえた。すぐに愛から電話がかかってきた。愛は私の無事を喜んだ。そして自分たちも大丈夫だといった。

ほっとしてテレビをつける。

「きゃあああーっ！」

私は絶叫した。いま、達彦の店がはいっている商店街が映しだされた。商店街は爆弾を落とされたかのようにめちゃくちゃになっていた……。

私がかけつけたとき、「ボーテ・アムール」は完全につぶれていた。達彦が、「美子と愛が見守ってくれてるからがんばるよ」といった立て看板は粉々になっていた。そして、達彦は、調理場で亡くなっていた。

私は、達彦の遺体をみたとき、目の前が真っ暗になった……。

阪神・淡路大震災の死者は六千人を超えた。神戸は、また瓦礫《がれき》の山になった。

海辺の長屋は倒れなかっただけで、基礎部分が壊れて住むことができなくなった。私は仮設住宅を経て、一九九九年に復興住宅に入居した。

新築の団地はとてもきれいだった。だけど、ビルにかこまれた二階の部屋からは海も山もみえなかった。潮風もとどかなかった。六十四歳になった私は、達彦を想い、毎日、仏壇にむかって手を合わせつづけた。

二十一世紀をむかえた。神戸は再び復興して震災前の美しさを取り戻した。だけど、達彦は還ってこない。私は、震災から十年、十五年が過ぎても心にあいた大きな穴を埋めることができなかった。そして、いつしか笑うことも忘れてしまった……。


二〇一一年三月十一日午後二時四十六分。

団地のカーテンが左右に一分ほどゆれた……。このとき、東北・関東地方では恐ろしいことがおこっていた。

東日本大震災発生。

震源域は、岩手県から茨城県までの五百キロ。死者は一万五千人を超えた。津波は、人間が何十年にもわたってつくりあげたありとあらゆるものをのみこんでいった。

瓦礫のなかで、家族を失った人が号泣していた。私は、「自分と同じだ」と思った。

人間ははかない。あまりにも無力だ。

太平洋戦争、阪神・淡路大震災、東日本大震災……。これまでも、そして、これからも、次から次へと悲劇はおこりつづける……。

七月十一日午後七時。愛と洋二と純がケーキを持って団地にきてくれた。今日は純の十八回目の誕生日だ。ちなみに、私は七十六歳になった。テレビでは震災特集をしている。あの大惨事からちょうど四カ月が経ったのだ。

愛は、「お母さん、東日本大震災のあと、結婚する人が増えたって知ってる?」といった。

「ニュースできいたわ……。みんな、一人はさびしいのね」

「うん。それでね、今日は、お母さんにプレゼントがあるの」

「え、なに?」

「私たちが住んでた長屋は区画整理されて新しい住宅地になったでしょ。そのひとつが売りにだされてたのよ」

愛が私の目をジッとみる。

「洋二がね、中古だけど、その家を買ってくれたの」

息がつまった。

洋二は微笑みながら、「お義母さん、さびしい思いをさせてすみません。これからは、ずっと一緒に暮らしましょう」といった。

視界がゆがむ。

涙があふれでる。

迷惑をかけてはいけないと思った。だけど、それ以上に、もう一度あの海辺で生活できることがうれしかった。

私は、素直に、「ありがとう」といった。


九月。私は、海辺の一軒家に引っ越した。一階の南向きの部屋を使わせてもらうことになった。神戸の港が目の前にある。庭にでて北をあおぐと、六甲の山々がみえた。愛と洋二と純は本当にやさしくしてくれた。

十一月の中旬に、私は体調を崩して入院した。検査の結果、肺に悪性腫瘍がみつかった。転移も認められた。

十二月二十五日。クリスマスの日に、私は自分の意志で退院した。最後は神戸の海と山をみて過ごしたかった……。

二〇一二年三月九日。私は自分の部屋のベッドで横になっている。愛・洋二・純がそばにいる。さっきから手足に力がはいらない。目をあけることさえできない。

死が眼前に迫っている……。

自分の人生をふりかえると、喜びや楽しみは「点」だった。その点と点を結ぶ「線」はすべて苦しみと悲しみだった。

人間ははかない。あまりにも無力だ。

だけど、いや、だからこそ、わずかな喜びや楽しみがかけがえのないものに思える。

私は神戸で生まれた。戦争が終わってからは母親と二人で懸命に生きた。貧しかったけれど、いつも笑っていた。達彦と出逢ったときは胸が高鳴った。達彦はすばらしい夫だった。愛は私の命以上の存在だった。洋二も純もこの上なく大切な家族だった。

私は、この世界に生まれることができて本当によかった。

とても幸せだった。

「なに？　お母さん、なにかいってるの？」

「あ、愛……。窓を……。あけて」

サッシのひらく音がきこえると同時に、潮風がやさしく体を包みこんでくれた。

「あ、おばあちゃんが笑ってる」

純の声がきこえた。

意識が急速に薄れていく。人間は恨みながら死ぬのだと思っていた。だけど、それは間違っていた。人は感謝の心を持って命を終えるのだ。

「……あ・り・が・と・う」

私は、最後の力をふりしぼっていった。

次の瞬間、私のすべてが光になった。

もみじ

十一月十五日、午前六時。

私は、正志《まさし》の手を強くにぎっている。やせ細った体。荒い息づかい。正志の命の火が、いま、消えようとしている……。

私と正志は、二十年前に、『もみじ自動車』という小さな板金《ばんきん》工場で出逢った。

「後ろに柱があるとは思わなかったの……。修理代って高くつきますか？」

私は、真ん中が大きくへこんだ軽自動車のバンパーを指さした。

つなぎ姿の正志は、「大丈夫ですよ。なるべく安くしますから」といった。

そのことばどおり、『高村詩織《しおり》様へ』と、きれいな文字で記された見積り書の金額は、想像していたよりもずっと低かった。

三日後。修理が終わって支払いをすませたとき、正志がもみじ自動車の代表だということを知った。

「代表といっても一人ですので。雑用係のようなものです」

私はこの機会にいくつか質問をしてみた。

正志は二十八歳・独身だった。

「おれ、高校をでてから、板金一筋なんですよ。去年、この小さな板金屋が売りにだされてたので購入したんです。もちろんローンで」

保証人には、そのとき働いていた会社の社長がなってくれたという。

そして、驚くことに、正志には、はじめから両親がいなかった。物心ついたときには、児童養護施設で生活していたそうだ……。

私は、正志の境遇に親近感をおぼえた。なぜなら、私自身も、三歳のときに、父親を事故で亡くしていたからだ。

「もみじ自動車って変わった名前ですね」

「おれは、児童養護施設にはいる前の記憶がほとんどないんです。だけど、ひとつだけ鮮明に覚えてることがあります。それは、おれがだれかに抱かれて、真っ赤なもみじを眺めてる。そして、つぎの瞬間、すべてが光につつまれる、というものなんです」

「抱きしめてくれてるのは、きっとお母さんなんでしょうね」

「それが、よくわからないんですよね。自分では、『もみじのひと』ってよんでます」

正志が微笑む。私は、その少年のような清々《すがすが》しい笑顔に引きこまれた。

それから、私と正志のつきあいがはじまった。一年後。私が二十五歳のときに二人は結婚した。正志は、「おれにとってこれまでの名前は記号にすぎないから」といって、一人っ子だった私の婿養子になってくれた。

結婚を機に、私は仕事を辞めた。そして、母親と住んでいた団地をでて、もみじ自動車に引っ越した。もみじ自動車は、一階が板金工場で二階が住まいになっている。私は、伝票整理や事務仕事はもちろんのこと、ときには、つなぎを着て板金の手伝いもした。

結婚した翌年に長男が生まれた。勇人《ゆうと》と名づけた。

父親になった正志は、ひたすら働いた。お酒はのまない。パチンコや競馬はしない。特別な趣味もない……。

私は、ときどき、「一年中、朝から晩まで仕事をしてつかれないの?」と尋ねた。

正志は、いつも笑顔で首を横にふった。

五年、十年、十五年……。年月はあっという間に過ぎていった。勇人は中学にはいったころから、もみじ自動車の手伝いをするようになった。勇人が、「もみじ自動車をつぐ」といったとき、正志は本当に喜んだ。

そして、三年前。

母親が団地の階段で転倒して腕を骨折した。

正志は、「お母さんはもうすぐ七十歳だ。もみじ自動車のローンも終わったし、つぎは、家族みんなで住む家をさがそう」といった。

半年後。団地の近くで、築二十年・八十坪の一軒家をみつけた。

「あなた、大きすぎるわよ。立派な庭まであるじゃない」

「お母さんに安心してもらうためには、このぐらいの広さが必要だ。ここなら団地の近所だし、生活環境も変わらないから、お母さんも喜んでくれると思う」

正志は、新たにローンを組んだ。四十五歳。融資をうけられるぎりぎりの年齢だった。

「ひとつ確認したいことがあります」

契約のとき、正志は銀行員に尋ねた。

「返済中に私が死んだ場合、ローンが相殺されるというのは間違いないですか？」

銀行員は、「ええ。そのとおりです。奥さまに返済を願うことはありません」といった。

正志は、目をとじて、深くうなずいた……。

私たちは、すこし古いけれど、大きくて立派な家に引っ越した。母親は、一階の日当りのよい部屋をもらった。勇人と私も、それぞれ部屋を持つことになった。

だけど、正志は自分の部屋を望まなかった。

「おれは寝るだけだから……。そうだ。ひとつだけ買いたいものがある。せっかく庭があるんだし、もみじを植えてもいいかな？」

このとき、私は、正志が、いまも、『もみじのひと』を想っていることを知った。

それから、正志は、これまで以上に身を粉《こ》にして仕事に励むようになった。

勇人は、工業高校を卒業後、本格的に、もみじ自動車で働きだした。

母親は、「正志さんのおかげでこんなにいい生活をさせてもらって」というのが口ぐせになった。

私は、毎日が充実していた。とても幸せだった。そう、半年前までは……。

今年の五月十七日。

私がもみじ自動車の二階で事務の仕事をしていたとき、一階で、ドサンッという音がした。いやな予感がしてかけおりると……。

正志がうつぶせに倒れていた。

私は悲鳴をあげて、すぐに救急車をよんだ。

病院の先生は、「肝臓がんの末期です。この状態で仕事をしていたなんて信じられません。ご家族は気づかなかったのですか」といった。

私は、本当にわからなかった。母親も勇人も気がつかなかった。それほど、正志は、明るく元気にふるまっていた。

このあと、もっと驚くことがおこった。

正志は、すべての延命治療を拒否した。

「おれはまだ仕事をする。体がいうことをきかなくなったら、少しだけ家で休ませてくれ」

正志のことばは、決意に満ちていた。

それから、四カ月間、正志は、一日も休まずに働いた。医師は、なんども、「動ける状態ではありません。立ち上がることさえ難しいはずです」といった。

先月、正志は、ついに、「もう……。だめだ」とつぶやいた。そして、出逢ってから二十年目で、はじめて仕事を休んだ。

私は奥の和室を正志の部屋にした。ここが庭のもみじを一番きれいにみることができる。

家で休むようになったとたん、正志は緊張の糸が切れたように衰えていった。あっという間に体がしぼみ、しゃべることもままならなくなった……。

私は悩みつづけた。正志は、お酒ものまず、趣味も持たず、ひたすら私たちのために働いた。その結果、不治の病に倒れた。

家族の犠牲になったような人生……。それで、正志はよかったのだろうか？

本当は苦しんでいたのではないだろうか？

正志の指に力がはいる。

物思いにふけっていた私は、あわてて、正志に顔を近づけた。

「あなた、どうしたの？　どこか痛いの？」

正志は首をふって枕元をみた。視線の先には正志が使っていた黒革のカバンがある。

「あ、あけて……。くれ」

私は、カバンを手にとった。なかには、封書と生命保険の証書が三つはいっていた。封書をあけて手紙をみる。便箋には、くせのないきれいな文字がならんでいた。

――詩織へ

今日は十一月一日です。詩織が買い物に出かけているあいだに、私の思いをつづりたいと思います。

私は両親の顔を知りません。

天涯孤独の身である私は、ずっと、自分がなんのために生まれてきたのかわかりませんでした。大切なものもありませんでした。

それでも生活はしなければなりません。私は手に職をつける道を選びました。高校卒業後、板金職人として働き、もみじ自動車を手に入れました。

そこで、詩織に出逢うことができました。

私は、婚姻届に署名捺印をしたとき、詩織とお母さんを一生守っていこうと心に誓いました。そして、勇人が生まれたときには、これまでの孤独が、苦しみが、すべて消えました。

詩織は、よく、「一年中、朝から晩まで働いてつかれないの？」といっていましたね。

私は、まったくつかれませんでした。私にとって家族は、この世界でもっとも大切な存在でした。自分の命よりも尊いものでした。私が一所懸命働いて、詩織が、勇人が、お母さんが笑ってくれれば、もう、ほかに望むものはなにもなかったのです。

体の調子が悪くなったのは三年前です。お母さんが骨折した直後でした。つかれがとれず、体が鉛のように重くなりました……。

私が延命治療を拒否したのは、最後まで、家族のために働きたかったからです。わがままをいって申し訳ありませんでした。

命と引きかえになってしまいましたが、私は、この家を残すことができて安堵《あんど》しています。生命保険は、十分ではありませんが、これからの生活に役立ててください。

詩織。私は、あなたと出逢って救われました。一緒に歩んだ二十年は夢のようでした。すばらしい日々でした。

お母さん。無理をせずに、毎日、豊かな気持ちで暮らしてください。そして、ずっと、ずっと、元気でいてくださいね。

勇人。お母さんを、おばあちゃんをしっかり守ってください。それから、もみじ自動車のこと……。頼んだぞ。

私は、自分の人生に、一点の悔いもありません。心から満足しています。

詩織。お母さん。勇人。本当に、ありがとうございました。

追伸　もう一度だけ、真っ赤なもみじがみたい。

正志

涙がこぼれる。心の闇が晴れていく。

「あなた……。私のほうこそ救われました……。あなたは、私の、すべてでした」

正志が小さくうなずく。その頬に涙がひとすじ流れる。

そのとき、となりの家の屋根から光があふれてきた。

(朝日がのぼった……。あっ)

庭のもみじが真っ赤になっている。

「あなた。もみじが、すごくきれい」

正志の体を抱きおこす。

その瞬間、正志が大きく目をひらいた。

「なに？　あなた、どうしたの？」

「い、いま……。わかった……。お、おれが、ずっとみていたもみじは……。か、過去のものじゃなかった。未来の、このもみじだ……。おれを抱いてくれていたのは……。母親じゃない……。『もみじのひと』は……。詩織だったんだ……。これで、もう……。思い残すことはない。ありがとう……詩織……。ありがとう……」

朝日が強い光を放つ。部屋全体が輝く。

正志は、一瞬、少年のような笑顔をみせた。そして、目をとじて、私の胸に顔をうずめた。

「あなた……」

正志の命の火が……。いま、消えた。

私は、すべての思いをこめて、強く、つよく、正志を抱きしめた。

幸せ

私は一九六九年に京都市で生まれた。私の家は建売《たてうり》住宅だったけれど、京都という土地柄、まわりには大きな旧家がたくさんあった。

私の同級生に、父親が銀行の頭取で数寄屋《すきや》造りの豪邸に住む高柳《たかやなぎ》涼子《りょうこ》がいた。涼子はとても整った顔立ちをしていた。勉強もスポーツも学年で一番だった。それに比べて、私はすべてが平凡だった。だけど、私たちは家が近所ということもあって仲がよかった。

小学六年生のとき、私は、「涼子は、やっぱり私立の中学にいくの？」ときいた。

「ううん、みんなと同じ公立中学にいく。パパは、いつも、『勉強はどこでもできる』っていってる。加奈、これからもずっと一緒にいようね」

私は涼子が、「一緒にいようね」といってくれたことがうれしかった。それから私は一所懸命勉強した。高校も大学も涼子と同じところにいきたかったからだ。涼子は、そんな私をやさしく見守ってくれた。毎日のように勉強を教えてくれた。

三年後、私たちは、市内で一番の高校に進学した。さらに、一九八八年、私は六年間の努力が実って、涼子と同じ京都の国立大学に合格した。涼子は法学部、私は文学部だった。

だけど、私が涼子についていくことができたのはここまでだった。涼子は三回生のときに、なんと司法試験に合格した。そして、大学卒業後、司法修習を経て京都市内の法律事務所にはいった。

私のほうは公務員試験をうけて京都市役所に就職した。その後、二十四歳で同じ市役所に勤める岡田良一《おかだりよういち》と結婚した。

私が結婚した翌年、涼子も弁護士の先輩と結ばれた。涼子は京都駅近くの高級マンションの三階で新婚生活をスタートさせた。

一九九五年、私と涼子は二十六歳で赤ちゃんを産んだ。二人とも女の子だった。私は娘に真美《まみ》と名づけた。涼子の子どもは理絵《りえ》と名づけられた。

私は、真美と理絵ちゃんが自分と涼子のような関係になってほしかった。

だけど、それははじめから無理だった。

なぜなら……。

真美は、ダウン症だったのだ。


ダウン症は、人間の二十一番目の染色体が一本多いことによって発症する。この染色体異常は、約千人に一人の確率でおこるといわれている。ダウン症の特性として、多くの場合、知的な発達に遅れがある。

真美の染色体異常は、良一に原因があるわけではないし、私の問題でもない。だけど、同居している良一の両親は私を責めつづけた。

二年後。私は義母と義父の非難に耐えられず、真美をつれて実家に戻った。半年後には良一と離婚した。

そのあと、私は働きながら真美を育てた。

二〇〇二年、七歳になった真美は、特別支援学校の小学部に入学した。真美は明るい性格だった。いつも笑っていた。そして、「ハグ！　ハグ！」といって、だれにでも抱きついた。

このころ、涼子は仕事の合間をぬって、一カ月に一度は理絵ちゃんをつれて遊びにきてくれた。弁護士バッジをつけた涼子は自信に満ちていた。その笑顔は輝いていた。ふりかえってみると、私は涼子が泣いているところをみたことがない。まさに涼子は成功するために生まれてきた女性だ。

それから、理絵ちゃんは知的で可愛くて天使のようだった。理絵ちゃんも、きっと幸せな人生を歩んでいくのだろう。

私は、健常者の象徴のような涼子と理絵ちゃんがうらやましかった。

この世界は障がい者をなかなか認めてくれない。私と真美は、毎日、偏見や差別と戦っている。


私と真美にとっての幸せとはいったい何だろう……。


年月が経っていく。

二〇一一年。真美は十六歳になった。いまは特別支援学校の高等部に通っている。

九月二十五日、日曜日。私と真美は自宅の庭にいる。私は、プランターに、赤マジックで、『マミちゃんのチューリップ』と記した。そして、三つの球根を土にうめた。

「真美、春にきれいなお花が咲くといいね」

「ウン！」

真美は笑顔でプランターを抱きしめた。

その日の夜、私の家に涼子がきてくれた。私と涼子は、今年、四十二歳になった。

「あ、真美ちゃん、こんばんはっ」

涼子が真美をハグする。真美は顔をくしゃくしゃにして喜んだ。

「真美ちゃんは本当に素直ね。うれしいときは思いきり笑ってくれるから気持ちいいわ」

「疑うことを知らないだけよ。真美は、全部、大好きだからね」

真美の頭をなでる。

「……そういえば、しばらく理絵ちゃんに会ってないけど元気にしてる?」

「理絵はあまり会話してくれないの……。私が仕事ばかりしてるからだと思う」

涼子は急に暗い表情になった……。

二〇一二年元旦。私は真美をつれて初詣にいった。帰り道、涼子の実家の前で理絵ちゃんに会った。私は息をのんだ。理絵ちゃんは可愛いというより、とても美しくなっていた。

「理絵ちゃん、明けましておめでとう。おじいさんのところに帰ってたの?」

「……はい」

声に抑揚がない。気怠《けだる》さが漂っている。

真美が、「おめでとう!」と声をあげる。

理絵ちゃんはしばらく真美をみつめていた。

「真美ちゃんの目って透き通ってるね……。真美ちゃん、有り難う。私、真美ちゃんに会えてちょっとだけきれいになった気がする」

私は笑いながら、「なにいってるの。理絵ちゃんはすごく美人よ」といった。

「ちがう……。私はもうだめだから……」

理絵ちゃんの視線が不自然に左右にゆれる。

私はその様子をみて、「なにかおかしい」と思った……。


二カ月後。三月一日午前〇時十分。携帯がなった。涼子からだ。通話ボタンを押す。

「か、加奈……。わ、私だけど……。いま、理絵が……。理絵が……。マンションから……。飛び降りた……」

息がつまった……。

私は、すぐに理絵ちゃんが運ばれた病院にむかった。

理絵ちゃんは幸いにも一命を取りとめた。だけど、右腕・腰・両足の骨折に加えて内臓も損傷していたため緊急手術がおこなわれた。

涼子と私は家族控室で待機した。涼子は嗚咽《おえつ》しながらこれまでのことを話してくれた。

「……私は、毎日、十一時過ぎまで働いていた。理絵には小学三年生から一人で晩ごはんを食べさせていた。理絵はさびしかったのだと思う。中学二年生で夜遊びをはじめた。私とはほとんど会話してくれなくなった……。そして、理絵は、一年ほど前から、脱法ハーブを吸引するようになった……」

私は理絵ちゃんの気怠い様子と不自然な視線の動きを思いだした。二〇一二年現在、脱法ハーブは社会問題になっている。ドラッグの過剰摂取はうつ病を発症させることがあるという。理絵ちゃんにはうつの症状がでていたのかもしれない。

「今日、私が帰ってきたとき、ちょうど理絵が外出しようとしていた。玄関で私たちは口論した。理絵は、『ほっといて。私、頭がおかしくなってるの。もうだめなのよ。それに、ママは私のことが邪魔なんでしょ』といった。私は理絵の頬を叩いた。つぎの瞬間、理絵は廊下にかけだして……。宙を舞った」

涼子が泣きくずれる。私は涼子の涙をはじめてみた。涼子は成功するために生まれてきた女性だと思っていた。理絵ちゃんも美しくてお金持ちで本当に幸せにみえた。

だけど、いま、涼子は心に、そして、理絵ちゃんは肉体に、とても深い傷を負った。

私は、あらためて、「人間の幸せって何だろう?」と思った……。

一カ月が過ぎた。四月一日、日曜日午前八時。私と真美は自宅の庭にいる。理絵ちゃんはまだ入院している。涼子は今月で仕事を辞める。これからは理絵ちゃんのために生きていくという。私は子どものときから涼子をみてきた。彼女の一番の魅力は頭が良いことではない。すごくやさしいのだ。涼子が理絵ちゃんと過ごす時間をたくさんつくれば、問題は自然に解決していくだろう。

真美が、「うわ、やった!」と叫ぶ。

『マミちゃんのチューリップ』のプランターに、赤・紫・黄色の花が咲いていた。ただ、黄色のチューリップだけは小さくてしおれている。

真美はプランターの前に座って、赤いチューリップを指さした。

「だいすき!」

つぎに、紫のチューリップを指さした。

「だいすき！」

私は思わず笑った。

「真美もやっぱりきれいな花が好きなのね」

真美がしおれたチューリップを指さす。

「こっちもだいすき！　みんな、だいすき！」

真美は笑顔でプランターを抱きしめた。

一瞬、時間が止まった気がした。

私は、いま、とても大切なことばを聞いた……。

真美は、ダウン症という障がいを持っている。多くの人は、それを不幸だという。

それならば、健常者とよばれる者は、みんな幸せなのだろうか？

たとえば、理絵ちゃんは真美と正反対だった。知的で美しくて裕福だった。だけど、わずか十六歳でこの世界に絶望して自ら命を絶とうとした。健常者の象徴のような理絵ちゃんは幸せではなかったのだ。

人間の世界には確かなものがひとつもない。健常者が幸せで障がい者が不幸なのではない。全員が悩み苦しみつづけなければならないのだ。

たしかに真美の知能の発達には遅れがある。だけど、真美は、すべてを分けへだてなく愛していく。今日もしおれたチューリップを大好きだといった。

私たちの一生が苦しみに満ちているのならば、明日どうなるかさえわからないのならば、真美のように、日々、あらゆるものを愛して生きていくほうが大切なのではないだろうか。

私は、しおれたチューリップをみた。

（……きれいだ）

目をこすって、もう一度、黄色い花をみる。

何度みても、純粋に美しいと思った。

（真美、お母さんは、いま、あなたからかけがえのない心をもらったよ……）

そうだ。今日、理絵ちゃんのお見舞いにいこう。そして、素直な気持ちで、

「私も真美も理絵ちゃんのことが大好きだよ」と伝えよう。私たちの愛情は、き

っと理絵ちゃんの心にとどくはずだ。

「真美、あとで理絵ちゃんに会いにいこうか」

「リエちゃん？　ウン、いく！」

真美がバンザイする。その目が透き通っている。私は、真美の明るく弾けた笑顔をみて、うれしくてたまらなくなった。

「真美、生まれてきてくれてありがとう。ずっと一緒だからね……。大好きよ！」

力一杯抱きしめる。真美が、「うわっ、だいすき！」とはしゃぐ。真美のあたたかな体温を感じる。二人の胸の鼓動が重なる。

私は、そのすべてが愛《いと》しかった。

そして、この一瞬こそが、私と真美にとっての幸せなのだと思った。

百日紅

一九七六年、私は岡山県の山間部で生まれた。両親は、私が、「太陽のような輝いた女性になってほしい」と願い輝子《てるこ》と名づけた。

私の家は専業農家だった。私たちの村には正明寺《しょうみょうじ》という四百年の歴史を持つ古刹《こさつ》（由緒ある寺）があった。七百坪の境内地《けいだいち》は子どもたちの遊び場になっていた。私は幼稚園のときから同い年の中川誠《まこと》とよく境内を走り回った。ちなみに誠の家は造園業をしていた。

一九八七年。私は小学五年生になった。

八月一日。私は、正明寺で、『中川造園』の手伝いをしている。『中川造園』は、毎年、盆をむかえる前に正明寺の庭木を整えるのだ。

誠の父親は熊のような大男だった。私は誠のあとについて雑草や落ち葉・剪定《せんてい》した木の枝をゴミ袋に入れていった。

午後三時。庭木の手入れが終わった。誠と私は本堂の裏にある百日紅《さるすべり》の下に寝転んだ。誠は、「輝ちゃん。この百日紅は父ちゃんが植えたんだ。百日紅は暑くても水が少なくてもきれいな花を咲かすんだって」といった。

「今日は有り難うございました」

顔を上げると住職さんがいた。四十代の住職さんはだれに対しても丁寧なことば遣いをする。

「誠くん、輝子さん。茶室で少し休んでいきませんか?」

住職さんが目の前の小屋にむかう。

小屋の横には外づけの洗面所があった。私は鏡の前で手を洗った。鏡には日焼けした平べったい顔がうつっていた。私はみんなから、「素朴な顔だ」といわれる。それは、「洗練されていない」「都会的ではない」という意味だ。さらに、私は目と目の間が離れていた。この離れ目は大きなコンプレックスだった。

私は備えつけのきれいなタオルで手をふいた。そして、住職さんと誠につづいて四角形の小さな入口から這うようにして中にはいった。

茶室はとても狭かった。窓からは百日紅の紅い花がよくみえた。

私は住職さんが点《た》ててくれたお抹茶をいただいた。温かくてすごくおいしかった。

住職さんは、「誠くんと輝子さんは五年生でしたね。もう将来の夢は決めているのですか?」といった。

誠はうなずいて百日紅をみた。

「父ちゃんは毎日外で働いてます。ぼく、父ちゃんと百日紅は似てると思うんです」

誠が胸をはって大きく息を吸う。

「ぼくは大人になったら父ちゃんと一緒に百日紅になろうと思います」

私は思わず吹きだした。ただ、誠は今でもお父さんの手伝いをしている。誠なら、きっと、『中川造園』をしっかり守っていくだろう。

「あの……。私は大人になったら可愛い赤ちゃんを産みたいです。そして、幸せに暮らしていきたいと思います」

住職さんは笑顔でうなずいてくれた。

その後、私は、中学・高校を通してたびたび茶室を訪れた。

高校二年生の秋、住職さんは、「この茶室は見栄やこだわりをすてるところです。女性の場合、お化粧する必要もありません。ありのままの姿と心こそが大切なのです」といった。

このころから私は受験勉強をはじめた。毎日、三時間以上机にむかった。大学進学はもちろんのこと、外の世界を知りたい気持ちもあった。

私が都会への憧れを語ると、神戸出身の母親は、「都会はさびしい。田舎はあたたかい」といった。都会はビルやマンションが建ち並び、多くの人でにぎわっている。私は四方を山に囲まれた過疎地のほうがずっとさびしいと思った。

一九九五年、私は大阪の外国語大学に合格した。そして、大阪市内で一人暮らしをはじめた。都会の生活はすべてが新鮮で刺激的だった。私はお化粧もするようになった。そこで大きな発見をした。隈取《くまどり》風のメイクをすると離れた目がちょうどよい間隔になるのだ。それどころか素朴だといわれた平べったい顔は都会的な雰囲気に変わった。実際、友だちから、「輝子は化粧映えする」といわれた。

一九九九年、私は大学を卒業した。そして、御堂筋《みどうすじ》沿いにある外資系企業に事務員として就職した。事務職でも英会話は必須だった。

御堂筋からはビルしかみえなかった。大阪の中心には日光があまり届かなかった。

就職して三年が経った。二〇〇二年。私は二十六歳のときに、同じ会社で二歳年上の佐竹新也と恋愛結婚をした。私たちは地下鉄御堂筋線の天王寺駅近くにマンションを借りた。京都市出身の新也はスタイルがよくて洗練されていた。語学も堪能だった。私の田舎には新也のようなタイプはいなかった。とくに幼馴染の誠と新也は正反対だと思った。

翌二〇〇三年、長女が誕生した。彩《あや》と名づけた。私は子育てのために会社を退職した。

二〇〇八年、リーマンショックによる世界同時不況がおこった。外資系企業は大打撃をうけた。必然的に新也も生き残りをかけた戦いにのみこまれていった。

新也は物静かでほとんど自己主張をしなかった。しかし、それは視点を変えれば生命力が弱いということだった。実際、新也は環境の変化についていくことができず会社を自主退職した。その後、新也は語学力など必要のない中小企業の営業職についた。給料は半分に減り生活は一気に苦しくなった。私は家計を助ける

ために パートにでた。六歳の彩を育てながら喫茶店のウエイトレスとスーパーのレジ係を掛け持ちした。睡眠は四時間ほどになった。

ただ、それでも生活費は十分ではなかった。新也がやる気をだせばもっと条件のよい仕事がみつかるはずだった。だけど、新也が発奮することはなかった。それどころか、「ぼくの力ではこれ以上輝子と彩を守ることができない」といって離婚を提案してきた。私は、現実から逃げつづける新也に心から失望した……。

二〇〇九年八月、私は新也からわずかな慰謝料を受けとって離婚した。三十三歳だった。彩を育てるためには本格的に働かなければならなかった。幸いに私の英語力はまだ通用した。ただ正社員として雇ってくれるところはなかった。結局、私は契約社員になった。

私と彩は天王寺のワンルームマンションに引っ越した。私は懸命に働いた。しかし、彩が高熱をだしても仕事を休むことができなかった。私は悩んだ末に彩を実家にあずけることにした。そして、毎月、娘のために仕送りをした。

二〇一一年三月十一日、東日本大震災がおこった。労働環境はさらに悪化した。契約社員の収入は学生アルバイト並になった。私は彩への仕送りを減額しなければ生活することができなくなった。貯金はほとんどなかった。また、この年、新也の会社が倒産した。そして、新也も契約社員になってしまった……。

現在、日本の労働人口の三割・約二千万人が非正規雇用だといわれる。契約社員は自分が生きるだけで精一杯だ。家族を養うことなどとてもできない。

私は孤独だった。笑うことも忘れてしまった。ビルやマンションが建ち並び、多くの人でにぎわう都会は本当にさびしかった……。

二〇一四年八月一日。私は三日間の休みをとって帰省した。

午後二時半、実家に到着した。父親と母親は縁側で休んでいた。私は両親の真ん中に座った。夏の陽射《ひざ》しに山と田畑が輝いている。

父親は、「彩は寺にいってる。おまえ、顔色が悪いぞ。疲れてるんじゃないか」といった。

「輝子、そろそろ帰っておいでよ。みんなでお米をつくればいいじゃない。贅沢しなければ生活ぐらいできるわ」

母親がやさしい眼差《まなざ》しをむける。私はしばらく沈黙した。

「……私、お寺にいってくる」

私は立ち上がって玄関にむかった。五分後。正明寺に到着した。境内には雑草や落ち葉、剪定した木の枝が収められたゴミ袋がたくさんあった。そういえば、八月一日は、『中川造園』が寺の庭木を整える日だ。

本堂の裏にまわるとゴミ袋を持った彩と住職さんが話していた。彩の横には日焼けした熊のような大男がいる。

「お、輝ちゃんじゃないか」

大男が笑いかける。

「え、誠くん？　一瞬、お父さんかと思った。誠くん、『中川造園』をついでるのね」

「まあな。それにしても輝ちゃんは変わったな。別人みたいだ」

彩が、「ママ！」と叫んで私の胸にとびこんできた。彩は小学五年生になっている。

住職さんは、「輝子さん、久しぶりにみんなでお茶をのみませんか？」といった。

住職さんが茶室にむかう。誠と彩は洗面所で手を洗って茶室にはいっていった。私も洗面所の前に立った。私は息をのんだ。鏡には隈取風のアイメイクをした厚化粧の女がうつっている。昔、住職さんは、「茶室は見栄やこだわりをすてるところです。女性の場合、お化粧する必要もありません。ありのままの姿と心こそが大切なのです」といった。私は備えつけの石鹼で顔を洗った。メイクが落ちるまで、何度も、なんども、洗いつづけた……。

私が茶室にはいると誠が驚いた顔をした。私は住職さんが点ててくれたお抹茶をいただいた。あたたかくてすごくおいしかった。

目をとじる。私は彩と同じ小学五年生のときにはじめて茶室を訪れた。住職さんから将来の夢をきかれて、「可愛い赤ちゃんを産んで幸せに暮らしたい」と答えた。

私は三十八歳になった。人生の半分を都会で生活している。私には、地位も、名誉も、財産もない。生きるのに精一杯で、最愛の娘と暮らすこともできない……。

私は肩をふるわせて泣いた。

自分が情けなくてたまらなかった。

住職さんは、「輝子さん、大阪はビルが多くてあまり空がみえないでしょう」

といった。

私は嗚咽しながらうなずいた。

「私は、昔、輝子さんのお母さんから、『娘が太陽のような輝いた女性になってほしい』とおききしました……。輝子さん。また、みんなで太陽の光を浴びて生活しませんか？　私はお化粧をとった輝子さんのほうが自然で美しいと思います。輝子さんが帰ってきてくれれば彩さんも喜びますよ」

誠は、「おれも素朴な輝ちゃんのほうがいいな。さっきは本当に別人かと思った。輝ちゃん、戻ってこいよ。『中川造園』はおれと父ちゃんしかいないから人手不足なんだ。よかったら手伝ってくれ」といった。

「……誠くん、結婚してないの？」

「こんな田舎にはだれもきてくれない。それに、おれ、熊みたいだからな」

誠をみる。たしかに熊のようだ。だけど、全身から生命力があふれている。私は、改めて、誠と新也は正反対だと思った。

「男性は外見じゃないわ。大切なのは中身よ」

「誠おじちゃんはいつもママのこと話してるよ」

誠は、「わわわっ!」と叫んで彩の口をふさいだ。私は思わず吹きだした。

そういえば笑ったのは久しぶりだ。

胸に手をあてる。さびしさが消えていた。

窓の向こうでは百日紅が、山が、空が輝いている。昔、母親は、「都会はさびしい。田舎はあたたかい」といった。今、私には、そのことばの意味がはっきりわかる。

私は、ここに戻ってこようと思った。

これからは、毎日、力一杯、彩を抱きしめよう。

父親と母親とお米をつくろう。

『中川造園』の手伝いもさせてもらおう。

私は、暑くても水が少なくてもきれいな花を咲かせる百日紅のように、ありのままの姿と心でこの身を輝かせていくのだ。

「住職さん、誠くん、私、帰ってきます……。そして……」

私は胸をはって大きく息を吸った。

「百日紅になろうと思います」

2章

大切な人に会いたくなるお話

二〇一二年五月二日。

私は何度も迷ったすえに、パンフレットに記されている番号に電話をかけた。二度目の着信音のあと、男性の、「はい」という甲高い声がきこえた。

「突然すみません。私、上田《うえだ》一雄《かずお》といいます」

「……お電話ありがとうございます。『家族葬―みちびき』です」

男性の声が急に低くなった。

「いま、お宅のパンフレットを拝見しているのですが……」

パンフレットには、「お葬式が総額三十三万円でおこなえます」と記されている。ひと昔前まで、葬儀には百五十万円～二百万円が必要だった。それが、いまは三十数万円でおこなうことができる。私はパンフレットの一番下に書かれている小さな文字をみた。

「『直葬《ちょくそう》五万円』というのは本当ですか？」

「ええ……。ただ、直葬とはそのことばどおり、棺《ひつぎ》に納めさせていただいたご遺体をそのまま火葬場へ送るというものなんです」

「棺はいるのですか？」

「……え？」

「遺体に布を被せて火葬場へ持っていくことはできませんか？　そうすれば、もっと金額は下がりませんか？　あの、自分の葬儀のことなんです。情けないことですがお金がないんです。家族にも迷惑をかけたくありません」

男性はしばらく黙っていた。

「上田さま、でしたね。ご心配なさらなくても、上田さまのことは、ご家族のかたがちゃんと考えてくださっていると思います。それより、少しでも長くお元気でお過ごしください……。きっと大丈夫ですよ……。それでは失礼します」

体《てい》よく断られたのだろう。しかし、なぜか、男性のことばには真心がこもっているように感じた。

受話器をおいてふとんに横になる。そのとたん、全身に痛みがはしった。意識がうすれていく。「息が苦しい」と思った瞬間、私は深い闇のなかに落ちていった……。

私は一九五五年に、中小企業が乱立する街に生まれた。父親は、『上田工業』という自動車の部品工場を経営していた。社員は父親をふくめて三人だった。同級生にも工場の跡取りが何人かいた。一番仲がよかった高木修《たかぎおさむ》の家は旋盤《せんばん》工場だった。

高校卒業後、私と修は、自分たちの会社で働くようになった。

私の父親は、よく、「一雄、おれがつくる部品はドイツにもアメリカにも負けない。将来、日本の車は必ず世界で一番になる」といった。私は自分たちの仕事が日本の自動車産業の根幹を支えていると思うと誇らしかった。

それから私は父親のもとでひたすら働いた。そして、二十三歳のときに高校からつきあっていた小坂明美《こさかあけみ》と結婚した。明美は、工場の裏にある木造二階建ての家で、私の両親と同居してくれた。仕事も手伝ってくれた。結婚して二年後には長男が生まれた。隆久《たかひさ》と名づけた。

その後、しばらくは平穏な日々がつづいた。

しかし、一九八五年、私が三十歳のときに父親にがんがみつかった。父親は四年の闘病生活の末、六十歳でこの世を去った。

父親の死によって、私は上田工業をつぐことになった。日本はバブル景気で沸いていた。日本の輸出産業の雄《ゆう》である自動車は世界を席巻《せっけん》していた。私は毎日残業をしながら、「日本の自動車は本当に世界一になるかもしれない」と思った。

その後、バブル経済は崩壊して多くの会社が倒産した。しかし、父親から受けついだ技術はまだ必要とされた。上田工業は一九九〇年代も順調に仕事をこなした。

二〇〇三年、息子の隆久が大学を卒業して自動車メーカーに就職した。隆久が車に携わる仕事を選んでくれたのはうれしかった。

二〇〇五年、私が五十歳のときに母親が肺炎で死んだ。七十九歳だった。

そして、このころから工場の仕事が目にみえて減りだした。多くの車の部品が共有化され、日本の中小企業が持っている特別な技術は必要とされなくなった。

苦しいのは自動車業界だけではなかった。二〇〇七年、修の旋盤工場が倒産した。翌年、修の母親が亡くなった。

お葬式は地域会館でおこなわれた。お通夜のあと、私は棺の前で修と話した。

「一雄……。おれ、つくづく、人間は死ぬときが一番大事だと思った。一時《いっとき》、金を持とうが、いい車に乗ろうが、最期に何もなかったら意味がない……」

修はしばらく嗚咽していた。

「母親は、この一年、ずっと苦しんでた。おれが工場をつぶしてしまったからだ。死ぬ前の日も、まだ、『仕事をさがしてくる』といった。人間は長生きするのが幸せじゃない……。おれ、母親が二年前に亡くなってくれてたらと思う。まだ工場があったときなら、母親はもう少しましな最期をむかえることができたんだ」

修のいうとおりだと思った。

人間は必ず死ぬ。

そのとき、希望（光）があるか、絶望（闇）しかないかで人生の価値は決まるのだ……。

一年後の二〇〇九年、上田工業の経営はいよいよ行きづまってきた。稼働していない工作機械が増えた。一週間仕事がないときもあった。

私は隆久に窮状を訴えた。隆久は会社を立て直すために自動車メーカーを退職した。息子はこのとき二十九歳でまだ独身だった。隆久は営業に走りまわった。しかし、経営状態は上向かなかった。私は、毎日、胃が痛んだ。夜もあまり眠れなくなった。

そうして二年が過ぎた。

二〇一一年四月、私は万策尽きて二度目の不渡り手形をだした。

ここに父親から受けついだ上田工業は倒産した。

私は工場も母屋も全てを失った。そして、親子三人で二間《ふたま》のアパートに引っ越した。

私はすでに五十六歳になっていた。しかし、まだ意地があった。人生に負けるわけにはいかなかった。私は新聞配達から力仕事まで、できることはなんでもやった。隆久も複数のアルバイトをこなした。

二〇一一年八月、私はアパートで吐血した。病院にいくと胃がんと診断された。

その瞬間、心が折れた。すべてが終わったと思った……。

二〇一二年をむかえた。

私は一日の大半を寝て過ごすようになった。延命治療は拒否した。これ以上、家族に負担をかけることはできなかった。

私は、毎日、心のなかで、明美と隆久にあやまりつづけた。明美にはもっとすばらしい結婚生活があったのではないだろうか。隆久は自動車メーカーで働いていた。なぜ、隆久に会社の窮状を訴えてしまったのだろう。私が隆久の一生を台無しにしてしまった。

私は形あるものすべてを失った。最低の夫であり親だ。

まさに、人生の敗残者だ……。

二〇一二年五月二日。目が覚めると午後一時を過ぎていた。だれもいない。明美も隆久もバイトにいったのだろう。体をおこすと、テーブルの上におかれた葬儀社のパンフレットが目にはいった。『家族葬―みちびき』。私の葬式のためだろうか……。私はふとんから這いだしてパンフレットを手にした。読みすすむうちにあるところで目がとまった。

直葬五万円。

人生の敗残者である私にはお似合いだ。

しかし、五万円はまだ高い。私は直葬の費用を値切るために受話器を持った……。


「父さん……。父さん」

遠くから声がきこえる。私は、ゆっくり目をひらいた。

「意識がもどった」

隆久の甲高い声がひびく。

「あなた、よかった」

明美が泣いている。視線を動かすと、腕に点滴チューブがみえた。アパートに医者がきているんだ。

(医者などよぶな。金がかかる。おれのことは気にするな)

もう声がでなかった。手足も動かなかった。

「父さんに伝えておきたいことがあるんだ」

隆久が私の左手をにぎった。

「ぼくは小さなころから大切に育ててもらった。欲しいものはなんでも買ってもらった。大学にもいかせてもらった。父さんと母さんには本当に感謝してる……。会社が行きづまったとき、ぼくは父さんの力になろうと思った。まったく迷わなかった。結果はだめだったけど後悔はしていない」

「あなた、私も幸せでした」

明美は私の右手をにぎった。

「いい暮らしをさせてもらいました。こんな苦労、へっちゃらよ。だって、私にはすばらしい思い出がたくさんあるから」

明美が微笑む。その横で、隆久もうなずいた。

「父さん、今日、ここに電話をしただろう？」

隆久が葬儀社のパンフレットを差しだす。

なぜそのことを知っているのだ？　と思った瞬間、頭の中で閃光がはしった。

電話をとった男性は、最初、甲高い声だった。そして、私に対して真心のこもったことばをかけてくれた。その人物とは……。

「父さんと会話したのはぼくなんだ」

隆久のほうがさきに答えをいった。

「ぼくは、『家族葬—みちびき』に就職したんだ。社員が五人の小さな葬儀社だ。いまは電話番をしながら納棺式を学んでいる。父さん。ぼくは、棺に納めさせていただいたご遺体を真っ白な綿で包む練習をしているんだ……」

隆久がにぎった手に力をこめる。

「ぼくは父さんを直葬なんかにしない……。ぼくが、真心をこめて納棺する……」

隆久の目から涙があふれでる。

「いま、ぼくには何もない。だけど……。心だけはある。父さんを想う気持ちがある……。だから安心して。何も心配しなくていいから。大丈夫だから……」

「あなた、直葬のことなんて考えないで。自分を責めないで……。あなたはがんばった。私たちのために最後まであきらめなかった。とても立派だったわ」

感動で心がふるえた。

私は工場を家を財産を失った。いまは五万円の金さえままならない。それでも、隆久は私を大事にしてくれる。明美はやさしいことばをかけてくれる。
この世界には形あるものすべてを失っても、決してなくならないものがある。
かけがえのないものがある。
それは、「心の絆」だ。
人間は死ぬときに一生の価値が決まる。
私は人生の終わりに隆久と明美の愛情にふれた。
(もう充分だ。これ以上望むものは何もない……)
視界がかすむ。意識が消えていく。ついに最期のときがきた。
いま、目の前には絶望の闇ではなく希望の光がひろがっている。
遠くで、明美と隆久の、「ありがとう」という声がきこえた。
(さあ……。いこう)
私は、二人のあたたかなことばを胸に抱いて、笑顔で、光の世界に足を踏み入れた。

人生の光

一九七九年。私は埼玉県大宮市で生まれた。父親と母親は私に友だちをたくさんつくってほしいと願い、「友広《ともひろ》」と名づけた。両親の願いが通じたのか、私は物心ついたときから多くの友人に恵まれた。学校も楽しく通った。

一九九七年。私は高校三年生のときに生徒会長に選ばれた。

九月十一日、放課後に生徒会で文化祭の準備をした。一段落したあと、私は副会長の佐山《さやま》明希《あき》と教室に戻ってきた。明希は、「明るい希望」という名前のとおり朗らかで前向きな性格だった。私と明希は小学生のときからよく行動を共にしていた。

三年二組のドアをあける。すると目の前に大学ノートが落ちていた。表紙に、『刹那《せつな》の光――戦いの果てに』と記されている。氏名はない。私は手をのばしてノートをひろった。

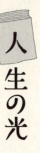

最初のページには、「プロット・あらすじ」と書かれていた。舞台は戦場。幼い姉と弟が生き別れになる。十年後。成長した二人は敵として再会する。姉と弟は剣をすてて強く抱き合う。そして、手をとり合い戦地から逃げていく。物語は二人にむかって両軍が一斉に砲撃するところで終わっていた……。

次のページには戦闘服を着た鋭い目つきの姉と弟が描かれていた。さらにページをめくると二人が笑顔で抱擁《ほうよう》していた。その姿が輝いている。しかし、頭上には無数の砲弾が迫っていた。

私は息がつまった。と同時に、この刹那、二人はたしかに幸せなのだと思った。

「ノートを返してくれ」

顔をあげると、目の前に足立涼《あだちりょう》がいた。私は涼がこの物語と絵を創っていたことに驚いた。何故なら涼は目立たない生徒で人前で絵を描いたことは一度もなかったからだ。ちなみに、私も、「足立」だ。三年二組で足立といえば私を指す。クラスメートの中には涼が足立姓だと知らない者もいる。それほど涼の影は薄かった。

「すごいな。おれ、涼が物語を創ったり、絵を描いたりするなんて知らなかった」

「このことは誰にもいうな」

涼は強い口調でいった……。

翌年、私と明希は大学受験の前に近所の神社にお参りした。このころには私たちはつきあうようになっていた。神社では二人で御守りを買った。ただ、その御守りは縁結びのものだった。それでも御利益《ごりやく》があったのか私は東京の私立大学に合格した。明希は地元の短期大学に進んだ。

二〇〇〇年。私は大学三年生になった。

五月、足立涼が週刊少年漫画雑誌に、『刹那の光』の連載を開始した。涼は雑誌のインタビューで、「ぼくはこのあいだ大学を中退しました。最後まで、『皆で同じ行ないをして優劣を競う』という学校のルールに馴染むことができませんでした。ぼくは子どものころから他人と比較されることが嫌いでした。いつか自分だけの力をもちたいと思っていました。そのために、毎日、物語と絵を創りつづけました。『刹那の光――戦いの果てに』は、再会を信じて戦う姉と弟の冒険物語です。この作品も独創性《オリジナリティ》を大切にしていきたいと思います」と答えていた。

二〇〇二年、私は大学を卒業して東京の一般企業に就職した。私は小さなころから多くの友だちと楽しく過ごしてきた。しかし、就職してこれまでの人生が子どもの遊びだったことを知った。すでに日本の終身雇用制度は崩壊していた。その一方で非正規労働者は急増していた。特別な能力を持たない私は、弱肉強食の社会の中で苦しみつづけた。

明希のほうは短大を卒業して地元の会社の事務員として働いていた。私は、もう少し給料が上がり精神的にも余裕ができたら明希にプロポーズしようと思っていた。

二〇〇六年、『刹那の光』がアニメ化された。単行本の売上げは二千万部を超えた。涼は都内に自宅兼事務所を建てた。高校を卒業して八年が経ち、涼と私は住む世界が違ってしまった。それはまさに才能のある者とない者の差だった。

二〇〇八年五月、高校卒業十周年を記念して同窓会が開かれた。私は幹事をした。三年二組のほとんどの生徒が出席してくれた。しかし涼は欠席だった。私は十年経ってもクラスメート全員の顔と名前、さらに特徴を覚えていた。同窓会は盛況だった。次回は五年後の二〇一三年に開催することになった。

同じ年の九月、リーマンショックによる世界同時不況がおこった。翌二〇〇九年、私は会社をリストラされた。就職して七年目、ちょうど三十歳のときだった。リーマンショック以降、企業はより秀でた個人能力《スキル》を求めるようになった。その結果、私のような平凡な人間はいらなくなったのだ。私は懸命に再就職先をさがした。そして、何とか営業職に就くことができた。給料は三分の二に減ったけれど正社員として迎えてくれただけでありがたかった。ただ、新入社員並みの給料ではとても明希にプロポーズすることはできなかった……。

二〇一三年七月。私は、「高校卒業十五周年記念同窓会」の幹事としてクラスメートに往復葉書で案内状を送った。返信用の葉書には近況欄を設けた。返答のあった男子のほとんどはサラリーマンだった。その中の六人はリストラを経験していた。また、女子の多くは結婚していた。私は期日までに返事がなかった涼に電話した。成功者の涼にはどうしても出席してほしかったのだ。最初、涼は、「興味がない」といった。それでも私は懸命に説得した。自分の経歴も伝えた。

一度リストラされたことも話した。最終的に、涼は、「高校生活には何の思い出もない。ただ、そこまでいうのなら、『昔話は絶対しない』という条件で出席する」といった。

十月六日。同窓会が開催された。私たちは三十四歳になっていた。私はビールや日本酒を飲んで気分がよくなった。久しぶりに会ったクラスメートと昔話に花を咲かせた。涼は無表情で食事をしていた。一時間を過ぎたころ、私は酩酊《めいてい》状態で涼の前に座った。

「涼、それにしても人間ってわからないものだな……。高校時代のおまえはまったく目立たなかった。あのころは、『足立』といえばおれだった。クラスメートの中には足立姓が二人いることを知らないやつもいたんだぞ」

涼が私をにらむ。だけど、私は酔った勢いで話をつづけた。

「じつはおれも三年二組の中で涼が一番取り柄がないと思ってたんだ」

「おい、ちょっとこい」

涼が私の腕をつかむ。私は涼に引っぱられて廊下にでた。そのあとを明希がついてくる。私たちはロビーの隅にいった。涼が振り返る。

「おまえ、高校のときの話はしないと約束したんじゃないのか！」

「い、いや、せっかくの同窓会だから……」

「おまえはさっきおれのことを、『目立たない・取り柄がない』といったな。当たり前だ。おれが高校で本気をだしたことは一度もない。おれには学校が、『従順なサラリーマン養成所』にしかみえなかった。普通の子どもたちが同じ行ないをして優劣を競うことに何の意味があるんだ」

涼の目が鋭い光を放つ。

「おれは他人と比較されることが嫌いだった。いつか自分だけの力を持ちたいと思っていた。そのために、毎日、物語と絵を創りつづけた……。この世界は戦場だ。おれは今も戦っている。大切なのは未来だ。過去じゃない。おれは高校時代の思い出に浸《ひた》るつもりは一切ない！」

「す、すまない。約束を破って悪かった」

「……そういえば、おまえは生徒会長をしていたな。それに、いつも多くの友だちに囲まれていた。おまえはよほど学校が好きだったのだろう。しかし、おれはおまえが社会で通用する、『武器』を持っているとは思えなかった。実際、おまえは一度リストラされている。今、『足立』といっておまえを思い浮かべる者はいない。よくきけ。おまえはすでにこの世界で何の価値もないんだ！」

「もうやめて！」

明希が私の前に飛びだしてきた。

「涼くん……。私が誰かわかる？」

涼はことばにつまった……。

「わからないでしょ。あなたは高校のときから空想の世界にいた。自分のことしか考えていなかった。周りに目をむけたことなんてなかった。だけど、友広は違う。友広は今でもクラスメート全員の名前と顔を覚えてる。私は絶対的な力がなくても友広のほうがずっと人間らしくて魅力があると思う。あなたがこれ以上友広を否定するなら私が許さない！」

涼は無言で明希をみつめた。そして、背中をむけるとそのまま去っていった……。

一カ月が経った。十一月五日。

私は明希と食事をした。涼のいうとおりこの世界は戦場だ。男は一生戦いつづけなければならない。私のように武器を持たない人間は存在価値がないといわれても仕方ない。

ただ、そんな私でも、今日、どうしても明希に伝えたいことがあった。

一時間後、食事が終わった。私はテーブルの中央に小さな御守りをおいた。

「これは大学受験のときに明希と神社で買ったものだ……。おれは、十五年間、この御守りを持っていた」

明希の目をしっかりみる。

「おれは子どものころから明希が好きだった。大人になって生活を支える力がついたらプロポーズしようと思っていた。だけど、おれは今も自分が生きていくだけで精一杯だ……。このあいだ、おれが涼に罵倒されていたとき、明希は体を張って助けてくれた。その姿をみて、『もう逃げてはいけない』と思った。おれは、今日、自分の全存在をかけて気持ちを伝える……。明希、おれと結婚してくれ」

しばらく沈黙がつづいた。明希が財布から何かを取りだす。それは私と同じ御守りだった。

「私も大切に持っていたの。だってこの御守りは縁結びのものだから……。私は小学生のときから友広と一緒にいた。あなたのやさしくて世話好きな性格が大好きだった……」

明希が口を結んで私をみる。

「友広がこの世界で勝とうが負けようが関係ない。私にとって、『足立姓』はあなたしかいない。私のなかで友広はいつも絶対的な存在だった……」

明希の両目から涙があふれでる。

「生活のことなら心配しなくていい。私も仕事をつづけるから……。私はあなたとなら、喜びも楽しみも、そして、悲しみも苦しみも受けとめることができる。友広、これから、二人で、力をあわせて生きていきましょう」

私は感動で心がふるえた……。

日本の労働環境は年々厳しくなっている。終身雇用制度は完全に崩壊した。非正規雇用労働者は約二千万人に迫っている。さらにリーマンショック以降、より優れた個人能力《スキル》が求められるようになった。弱肉強食の社会の中で、涼のように勝ちつづける者はわずかしかいない。ほぼすべての男は挫折し敗北する……。

それでも立ち上がることができるのは女性の支えがあるからだ。実際、明希は地位も名誉も財産もない私を疑いなく信じてくれている。女性の愛情とは、何と、大きくて、広くて、深いのだろう。

私にとって、明希は、「人生の光」だ。「明るい希望」そのものだ。

「明希、おれは何があっても絶対負けない。たとえ倒されても必ず立ち上がる……。そして、この手で、一生、おまえを守る……」

最後は涙声になってしまった。明希が笑顔でうなずく。その姿が輝いている。

私は愛しくてたまらなくなった。そして、すべての想いをこめて、明希を、強くつよく抱きしめた。

縁――えにし

私は、小さなころから子どもが好きだった。「美保《みほ》ちゃんは大きくなったら何になるの?」ときかれたら、必ず、「お嫁さんになってかわいい赤ちゃんを産むの」と答えていた。

大学は幼児教育を専攻した。そして、卒業後は幼稚園で働くようになった。幼稚園の仕事は一日十時間を超える。休憩もほとんどない。だけど、子どもたちの無邪気な笑顔をみると、いつも新たな力が生まれた。

そんなある日、幼稚園に背広姿の男性がやってきた。名刺には、『小坂和也《こさかかずや》』と記されていた。肩書は文房具メーカーの営業主任だ。私は幼稚園の応接間で和也から子ども用文房具の説明をうけた。そのあと少し雑談をした。

「へえ、先生とぼくは同い年なんですね。えっと、関係ないですけど、先生の目ってすごく大きいですよね」

「私、子どものころから、『ネコみたいな目』っていわれてるんです」

「ネコかぁ。うらやましいな。ぼくなんて、目は細いし、焦点は合ってないし……」

和也の左目は、斜視だった。

「それに、頭は悪いし、デブだし、背も低い」

私は思わず吹きだした。たしかに、目の前の男性は小太りで足が短い。お世辞にもかっこいいとはいえない。だけど、和也は自然体で気取ったところがまったくなかった。

私は、そんな和也に好意を持った。そして、つきあいがはじまり、出逢ってから二年後の二十六歳のときに結婚した。

その翌年、妊娠した。

「あなた、今日、先生から、『赤ちゃんは女の子です』っていわれたわ。私ね、『えにし』と名づけたいのよ」

「えに、し？」

「そう。縁《えん》とかいて、『えにし』とよむの。大切な人と強い絆を結んでほしいという意味よ」

「小坂えにしか。ちょっと変わってるけど、いい名前だと思う」

和也が私のお腹をなでる。

「えにし。パパに似たらだめだよ。ママのような大きな目の可愛い女の子になってね」

和也は微笑んだ。その笑顔をみたとき、私は和也がやさしい父親になると確信した。


私はお腹が大きくなってからも、自分の意思で仕事をつづけた。和也は、何度も、「ゆっくり休んだほうがいい」といった。

そして、妊娠三十三週目（九カ月）にはいったとき、激しい陣痛におそわれた。私はすぐに和也の車で病院にむかった。

五時間後に赤ちゃんが産まれた。

だけど……。

私が抱いたえにしは息をしていなかった。

私は目の前が真っ暗になった。そして、自分を責めて、責めて、責めぬいた。

（全部、私のせいだ。私がもっとはやく仕事を休んでいたら、えにしのことを第一に考えた生活を送っていたら、絶対、こんなことにはならなかった……）


それから、私は赤ちゃんを産むのが怖くなった。その気持ちに呼応するように妊娠の兆候もなくなった。病院の先生は、「体に問題はないと思います。心が妊娠を拒否しているのかもしれません」といった。

月日が流れていく。

結婚して十年が過ぎ、私たちは三十六歳になった。私はえにしが死んでからずっと闇のなかにいる。笑うこともあまりなくなった。和也はそんな私をやさしく見守りつづけてくれた。

（私たちに子どもがいたら、和也は理想の父親になっていたにちがいない……）

私は和也に対して心から申し訳なく思った。


さらに時間が経った。二人は四十歳をむかえた。私自身、もう赤ちゃんを産むことはできないだろう……。

私は人生の半ばに立って、和也と自分の将来を考えてみた。和也は子どもが欲しかったはずだ。だけど、えにしが死んでからは、決して、そのことばを口にしなかった。

私は充分、和也によくしてもらった。

こんどは、私が和也の幸せに目をむける番かもしれない……。

「別居？」

私の提案に和也の顔が強張《こわば》った。私は正直にすべてを話した。和也は、「子どもがいなくてもかまわない」「責任など感じなくていい」といった。だけど、私の意思は変わらなかった。

「私たち、一度、一人になってこれからのことを考えたほうがいいと思うの。あなたも新しい未来がみえるかもしれないわ」

六月十日。私は最低限の荷物を持って家をでた。引っ越し先は二間のアパートだ。幼稚園には自転車で通うことにした。そして、和也とは、月に一度会うことになった。

三カ月が経った。九月十二日午後七時。私が自転車でアパートに帰ってくると、となりの一軒家から子どもの笑い声がきこえた。正面の窓があいている。

「パパ、ちゃんと写真とった?」

「ああ。いま、ブログにアップするからな」

「ネコちゃん、みんな、いい人に飼ってもらえたらいいね」

背伸びして家のなかをみる。十歳ぐらいの男の子が小さなネコを五匹抱いていた。

(里親さがし、かな?)

私はアパートの部屋に戻ってパソコンをひらいた。ネコのブログを検索すると、「猫・五匹・里親」というキーワードで、あのネコたちの写真がヒットした。

ブログのタイトルは、『シロとチャコの日常』だった。シロがお父さんでチャコがお母さんだ。五匹のネコはひと月前に誕生していた。みんな、白に茶色の模様がはいっている。

(あ……)

私は一匹のネコに目を奪われた。このネコは茶色の模様が体にしかない。顔は真っ白だ。

そして、左目が斜視だった……。

それから、私は、毎日、『シロとチャコの日常』をみるようになった。五匹のネコの里親は、次つぎと決まっていった。ネコが家を去るたびにひとつ写真が消えた。

だけど、顔が真っ白で斜視のネコだけは、いつまで経っても里親が決まらなかった。

十一月十五日午後六時。私は喫茶店で和也と話している。別居して五カ月が過ぎた。外は激しい雨がふっている。

「あなた、最近変わったことあった?」

「何もない。いっとくけど新しい未来なんてありえないから。美保、はやく戻ってこいよ」

私は返事をせずに、窓越しに雨をながめた。

和也と別れてレインコートを着る。自転車で走りだすと吐く息が白かった。

十分後。アパートに到着した。軒下でレインコートをぬいでいると、となりの家から男の子が自転車を押してでてきた。その目に涙がうかんでいる。前かごに入れたバッグのファスナーが少しあいている。

そこから白い子ネコの顔がみえた。

（まさか……）

男の子の自転車が走りだす。私はもう一度自転車に乗ってあとを追いかけた。

二キロほど走ったところで男の子は自転車をおりた。目の前に大きな公園がある。男の子がバッグをかかえてなかにはいっていく。

私はみつからないようについていった。

男の子は、何度もためらったすえに、樫《かし》の木の根元にバッグをおいた。そして、「ごめん。ごめん！」と叫ぶと、きびすをかえして駆けだした。男の子がすぐそばを走りぬける。私は、その姿がみえなくなってから外灯に照らされたバッグに近づいていった。

横なぐりの雨のなかで、小さなネコがバッグから顔をだしていた。左目の焦点が合っていない。このネコは、斜視だったから里親がみつからなかったのだろう。ネコの細い体がふるえている。見開いた目がうるんでいる。私はこんなに悲しい表情をしている生き物をはじめてみた。

バッグの前に座ってネコを抱きあげる。

「ネコちゃん、泣かないで。もう大丈夫だから。私が、ずっと、ずっと、守ってあげる」

この日から、私は、ネコと暮らすようになった。アパートはペットを飼ってはいけない。引っ越しも考えたけど、ネコはほとんど鳴かなかった。

「今日は本物のお魚よ。たくさん食べてね」

ネコと共同生活をはじめて一週間後の夜。私は手のひらにのせたシャケをネコにさしだした。ネコと視線が合う。大きな瞳。だけど、和也と同じように左目の焦点がずれている。

「ネコちゃん。じつはね、私の旦那さんの目もあなたと一緒なのよ」

そのとき、頭のなかで、「会・わ・せ・て」という声がきこえた……。

十一月二十五日午後七時。私はネコを紹介するために、和也をアパートにつれてきた。部屋にはいると目の前でネコが出迎えてくれた。

和也がネコを抱きあげる。

「すっごくかわいいな。あ、ネコの左目、焦点が合ってない。それに目が大きくてクリッとしてる。ぼくと美保にそっくりだ」

あらためてネコをみる。たしかに、このネコは二人の特徴を合わせ持っている。私たちの赤ちゃんみたいだ。

「名前は？」

「最初に、『ネコちゃん』ってよんで、いまもそのままなのよ」

「それじゃ、『えにし』にしよう」

私は息がつまった……。

和也はネコに頬ずりしながら、「えにし、お帰り。パパとママでちゅよ」といった。

ネコがのどを鳴らしながら私のほうをみる。

（た・だ・い・ま）

また、頭のなかで声がした。

（ママ……。あたしは、ママのことが大好きだよ。だから、あたしのことで、もう苦しまないで。これ以上、自分を責めないで）

幻聴？　いや、ちがう。

これは、えにしの声だ。えにしがネコの姿をかりて私の心に語りかけているんだ。

（あたし、ママの赤ちゃんでよかった……。すごく幸せだった）

その瞬間、視界がゆがんだ。涙があふれでた。私は、ずっと、えにしから恨まれていると思っていた。それが、いま、えにしは、「幸せだった」といってくれた。そのことばだけで救われる。心の闇が晴れていく。

（あたし、ひとつお願いがあるの……。ママ、赤ちゃんを産んで）

赤ちゃん？

（ママは子どもが大好きでしょ。赤ちゃんができたら、ママとパパはもっと幸せになれる。だから、ママ、赤ちゃんを産んで）

和也の腕のなかで、ネコが目を細めて微笑んでいる。その姿をみたとき、すべてがわかった。えにしは、私と和也の絆を結びなおすために帰ってきてくれたんだ。

胸に手をあてる。不思議なことに、妊娠に対する恐怖が消えていた。いまの私なら、高齢出産のリスクも乗りこえられるだろう。

私は、和也の正面に立った。

「あなた、いろいろごめんなさい……」

ひと呼吸おいて、しっかり視線を合わせる。

「もう一度、私と暮らしてもらえますか？」

和也は、「当たり前だ。美保のことはぼくが守りつづける。どんなときも一緒だ」といった。

そのことばをきいて胸があつくなった。

「和也……。ありがとう」

私はありったけの愛情をこめていった。そして、両手を広げて、力いっぱい和也を抱きしめた。

希望

私は小学四年生からリトルリーグで野球をはじめた。高校時代は硬式野球部にはいってひたすら練習に励んだ。

高校のグラウンドは広かった。私が守るレフトの奥には二百メートルトラックがあった。

私は陸上部の片瀬《かたせ》理香子《りかこ》という同級生が好きだった。片瀬は中距離のエースで、いつも美しいフォームでトラックを疾走していた。

高校三年生の春、私は思いきって、片瀬に、「つきあってほしい」と告げた。片瀬はうつむきながら、「はい」と答えてくれた。

高校卒業後、私は四年制の大学に、片瀬は短大に進学した。私たちは離ればなれになっても毎週のように会った。そして、私は片瀬が短大を卒業するときに、「おれが大学をでて就職したら結婚してくれ」といった。片瀬は、今度は私の目をみて、「はい」と答えた。

大学卒業後、私は運よく大手の企業に就職することができた。会社に初出勤した翌日、私と片瀬は婚姻届を提出した。片瀬は、「立花《たちばな》理香子」になった。翌年、二十四歳のときには子どもが誕生した。美奈《みな》と名づけた。

私は、男は強くなければならない、女性を守らなければならないと考えていた。だから、毎日、懸命に働いた。体力には自信があった。仕事も好きだった。

六年が経った。私たちは、ちょうど三十歳のときに念願の一戸建てを購入した。入居の日、親子三人で写真をとった。出来上がった写真は、みんな笑っていた。特に、理香子は顔をくしゃくしゃにしていた。そのはじけた笑顔をみたとき、私は、あらためて、自分の一生を理香子と美奈に捧げる決心をした。

私と理香子は、引っ越しの次の日から早朝ランニングをはじめた。新居の近くには一周二キロほどの池があった。理香子は、毎朝、池のまわりを美しいフォームで疾走した。

仕事は順調だった。家に戻ると、やさしい妻と娘が笑顔で待っていてくれた。私は毎日が充実していた。そして、この幸せがずっとつづくと信じていた。

五年の歳月が流れた。美奈は十一歳になった。

七月一日午前六時。いつものように私と理香子は池のまわりを走った。朝日がまぶしい。街全体が輝いている。

「うっ……」

となりで空気を切り裂くようなうめき声が聞こえた。次の瞬間、理香子が地面にうつぶせに倒れた。

「どうした？」

すぐに理香子を抱きおこす。理香子の体が硬直している。顔が土気色《つちけいろ》に変わっている。

「理香子！　理香子っ！」

私は大声をあげた。しかし、理香子はまったく反応しなかった……。

救急車で病院に到着したとき、理香子はすでに死んでいた。急性心筋梗塞だった。

私は悲しむ間もなく、お葬式の準備に追われた。遺影は五年前に家を購入したときにとった写真を選んだ。お通夜の読経のあと、住職さんは、「理香子さまは、仏さまの世界へお生まれになっています。そして、真実の光で私たちを護《まも》りつづけてくださっているのです」といった。私にはそのことばの意味がわからなかった。理香子の命は、わずか三十五年で突然断ち切られた。理香子は私たちを見護るどころか、いまも苦しみつづけているにちがいない……。

私は理香子を失ってから、しばらくなにも考えることができなかった。私の人生は理香子とともにあった。理香子がいない未来など想像できなかった。

それでも現実から逃げることはできない。美奈が中学にあがると、毎日弁当をつくった。仕事から戻ると炊事・洗濯・掃除をするのが日課になった。ときには縫い物もした。

自分の時間はほとんどなくなった。いつしか眉間には深いしわが刻まれ、笑うことも忘れてしまった。

ただ、どんなに忙しくても、理香子の仏事はきちんと勤めた。住職さんには、毎月、第一日曜日にお参りにきてもらった。そのときは美奈も横に座らせた。

住職さんは、毎回、「理香子さまは仏さまの世界にお生まれになり、真実の光で私たちを護りつづけてくださっています」といった。私と美奈は、住職さんの話を何十回と聞くうちに暗記してしまった。しかし、私は、いつまで経ってもそのことばを素直に受けとめることができなかった……。

あるとき、月参りが終わってから、美奈に、「お父さん、お墓はどうするの？」と尋ねられた。

「美奈、お墓には家の名前を刻むそうだ。だけど、美奈が結婚したら立花姓はなくなる。だから、簡単にお墓を建てることはできない……。お父さん、ずっと考えてるんだけど、いい答えがでないんだ」

私は理香子のお骨《こつ》をやさしくなでた……。

美奈は勉強がよくできた。高校は市内で一番の進学校に入学した。

十七歳のとき、美奈が同じ高校の制服を着た男を家につれてきた。ひょろっとした草のようなヤツだった。

「なんだ、おまえ？」

「お父さん、なに勘違いしてるのよ。塚本くんは、私がはいってる図書部の部長で、いまから仕事を手伝ってもらうのよ」

ひょろっとした男が帰ってから、私は、「男は強くないとダメなんだ。学生のときに運動もしないヤツは信じられない。美奈、あんな頼りない男など相手にするなよ」といった。

美奈は下をむいてだまっていた……。

その後、美奈は地元の国立大学に入学した。さらに四年が経ち大学院にすすんだ。娘が美しく立派に成長する姿をみるのはうれしかった。しかし、それはさびしくもあった。近い将来、美奈は結婚して家をでていく。そのとき、私は本当に一人になってしまうのだ。

七月一日、理香子の十三回忌法要を勤めた。住職さんは、今回もこれまでと同じ話をした。私はお焼香をしながら、ふと、「いつまで理香子の仏事を勤めることができるのだろう？」と思った……。

七月五日。私が仕事から帰ってくると、玄関に男物の靴があった。

「美奈？　だれかきてるのか？」

奥へ声をかける。すぐに美奈がでてきた。

「お父さん、会ってほしい男性《ひと》がいるの」

私は息をのんだ。いつかこういう日がくるのはわかっていた。しかし、現実には受け入れがたいことだった。

「断る。これは待ち伏せじゃないか。さきにどんな人間か伝えろ」

「できなかったのよ。お父さん、前もって話すと絶対だめだっていうから」

「そんなわけないだろ」

「だって、一度、彼のこと怒ったじゃない」

一度？　ということは前に会ったことがあるのか……。

「ま、まさか」

リビングのドアがあいて、ひょろっとした草のような男がでてきた。

「おまえ、図書部のヤツじゃないかっ」

そのとき、男は身体を直角に折り曲げた。

「美奈さんと結婚させてください！」

「な、なんだ、いきなり……」

男は顔を上げて、「塚本《つかもと》隆二《りゅうじ》といいます。ぼくは、いま、美奈さんと同じ大学の修士課程で植物学を学んでます。将来は研究の道を歩もうと思ってます」といった。

「お父さん、隆二は努力家なの。いまは学生だけど、将来は必ず大学にのこることができると思う。私も隆二を支えていくから」

「おまえたち、いつからつきあってるんだ」

私は美奈のことばをさえぎっていった。

「……高校のときからよ」

美奈が塚本という男をつれてきたのは十七歳のときだ。二人は六年間もつきあっていたのか……。

私は目の前の男をみて、草のような雰囲気といい、植物学を学んでいることといい、まさに、「草食系」の代表のように感じた。

「男は強くないといけないだろ。女性を守らないといけないだろ。学生時代に運動もしてないヤツになにができる」

「お父さん、時代は変わっていくのよ。いまは、男が上、女が下じゃない。お互いが助け合えばいいだけじゃない」

美奈が襖《ふすま》をあける。和室に置いている仏壇がみえた。

「お父さんは、お母さんのお骨のことをずっと心配してたでしょ。立花家は絶えてしまうから家の名前を刻むお墓を建てることは難しいって……。だけど、立花家はつづくわ」

「なんだと？」

「お父さん、よくきいて……」

美奈が私の目をジッとみる。

「隆二が、養子になってくれるの」

一瞬、時間が止まった気がした。

「隆二は、私がお母さんの話をしたとき、すぐに、『ぼくは次男なんだ。ぼくが姓を変える。美奈のお母さんも、そして、遠い将来のことだけど、お父さんもぼくが守る』といってくれた……。私、本当にうれしかった。こんなにやさしい男性は他にいない」

美奈の目から涙がこぼれ落ちる。

「私の理想はお母さんとお父さんなの……。お母さんも高校時代にお父さんと出

逢った。お母さんにとってのお父さんが、私にとっての隆二よ。隆二は運命の男性だわ」

「ぼくは本気です」

隆二が背筋をのばしていった。

「明日にでも立花姓になります。そして、命ある限り美奈さんのお母さんを守っていきます」

そのことばをきいたとき、胸が熱くなった。

私はもうすぐ五十歳になる。理香子を失ってからの十二年間、闇のなかでもがきつづけてきた。眉間には深いしわが刻まれ、笑うことも忘れてしまった。十三回忌法要のときには、「理香子の仏事をいつまで勤めることができるのだろう」と思った。

しかし、本当に美奈と隆二が立花家をついでくれるのなら、未来に光が、希望がみえる。

私は靴をぬいで和室にはいった。仏壇の前に正座して手を合わせる。美奈と隆二もうしろに座った。

「……理香子さまは、仏さまの世界にお生まれになっています。そして、真実の光で私たちを護りつづけてくださっています」

私は住職さんのことばを暗唱した。途中から美奈も声を合わせた。

「お父さん……。私、住職さんのいうとおりだと思う。お母さんは私たちをずっと護ってくれてるわ」

そのとおりだ、と思った。

私は、いま、はじめて、住職さんのことばを素直に受けとめることができた。私には死の向こうがわからない。だからこそ、理香子を哀れむのではなく、どこまでも敬っていこう。そう、理香子は救われている。私たちを護ってくれているのだ。

理香子の遺影に視線をうつす。そのはじけた笑顔をみた瞬間、私のなかですべての迷いが消えた。

「理香子……。美奈が結婚します。隆二くんが養子になってくれます。理香子……。理香子……。すぐにお墓を建てるから……。みんなでお参りするから……。これからも、ずっと、ずっと、美奈と隆二くんを見護ってください」

美奈と隆二にむきなおる。二人は目を真っ赤にはらしていた。

「美奈……。隆二くん……。ありがとう」

私は二人にむかって頭をさげた。そして、笑った。本当に、久しぶりに、心から笑った。

3章

生きる勇気をもらえるお話

笑顔

私は一九六〇年に大阪で生まれた。父親は、私が二歳のときに肺がんで死んだ。それから母親は昼も夜も働いて私を育ててくれた。

当時、私と母親は、物置のような建物に住んでいた。一間に、小さな台所とトイレがあるだけだった。雨もりは当たり前で、冬はすきま風に悩まされた。高度成長期といっても、まわりには貧しい人がたくさんいた。だけど、私の環境は特にひどかった。

「由香子《ゆかこ》、いつ風呂はいったんや?」

「おまえはほんまに汚いんじゃ」

小学生のとき、私は、毎日、「臭い」「汚い」と罵《ののし》られた。ある日、学校が終わって家にむかっていると、男子四人が目の前に立ちふさがった。激しい雨がふっている。

「おまえ、何日、同じ服きてるねん」「めっちゃ臭いで」「おれらが洗濯してやるわ」

男子が私の髪の毛をつかんで上下にふる。私は抵抗した。だけど、最後は力尽きて前のめりに倒れてしまった。あっという間に全身が泥まみれになった。

そのとき、「由香子っ！」という母親の声がきこえた。つぎの瞬間、背中に体重を感じた。母親が覆《おお》いかぶさってきたんだ。

「あんたら、泥かぶせるんなら私にしろ！　さあ、はやく私に泥を塗れ！」

しばらく沈黙があった。

「……け、貧乏人が」

男子は捨て台詞をいった。そのあと、複数の走り去る靴音がきこえた。

「由香子、大丈夫か？」

母親は私を抱いたまままいった。

「お母ちゃんはどんなときも由香子を守る。絶対守る。そやから安心するんやで」

私は泥にまみれた顔で母親をみた。母親は満面に笑みをうかべていた。その笑顔をみたとき、「どれだけいじめられてもお母ちゃんがいてくれれば大丈夫だ」と思った。

一九七三年、私が中学にあがるとき、私と母親は市営住宅に引っ越した。二DKの団地は私にとってまさに天国だった。お風呂があり、水洗トイレがある。雨もりはしないし、冬にすきま風に悩まされることもなくなった。

「お母ちゃん、人間の幸せってそれぞれやね」

「なにわかったようなこといってるの」

母親は私の頭をコツンと叩いた。

それからも母親は、牛乳配達、給食のまかない、スーパーのレジ打ちなど、一日も休まずに働いた。私は一所懸命勉強した。高校は市内で一番の進学校に通った。だけど、経済的に大学進学は無理だと思っていた。

高校三年生のとき、母親に進路を尋ねられた。私は、「就職する。はやく働いてお母ちゃんを助けたいねん」と答えた。

母親は一瞬悲しげな表情をうかべた。

「あんたががんばって勉強してるのはお母ちゃんが一番知ってる。大学の学費ぐらいなんとかする。由香子、なにも心配せずに受験勉強し。全部、お母ちゃんにまかせとき」

母親は、また満面に笑みをうかべた。

涙がこぼれた。本当は大学にいきたかった。私は心から、「ありがとう」といった。

一九七九年、私は、幸運にも現役で国立大学に合格した。大学には家から通った。奨学金をいただくこともできた。私は母親の負担を軽くするために、授業が終わってからは家庭教師のアルバイトをした。

一九八三年、私は大学を卒業して、市役所に勤めはじめた。母親は私が公務員という安定した職を得たことを喜んだ。私もすこしだけ親孝行ができたように感じた。

二十四歳のときに、私はお見合いをした。五つ年上の高瀬《たかせ》智明《ともあき》は、同じ大学出身で一流企業に勤めていた。智明は、食事のあいだずっと背筋をのばしていた。私はその生真面目な姿に好感を持った。

二年後、私は智明と結婚した。私たちは母親の団地の近くにマンションをかりた。

私は結婚したあとも働いた。翌年、長女を出産した。理奈と名づけた。

母親は、毎日、マンションにきて、理奈の世話をしてくれた。

理奈と母親が遊んでいる姿をみると豊かな気持ちになった。私と母親は物置のような家からスタートした。お風呂もなかった。私はいつもいじめられて泣いていた。

それが、いまは親子で笑い合っている。

(このささやかな幸せがずっとつづきますように……)

私は心のなかで、強く、つよく、願った。

だけど、私の願いは叶わなかった。

一九八九年、理奈が二歳のとき、智明が、突然、死んだ。脳溢血《のういっけつ》だった。智明は、朝、元気に職場にむかって、夕方には冷たくなって帰ってきた。

父親が死んだのも、私が二歳のときだった。私は、「なぜ、こんなことになるのだろう?　どうして何十年もかけて手にした幸せがあっという間に崩れていくのだろう?」と思った。

お通夜のあと、私は棺の前で泣いた。涙がとめどなく流れた。そのとき、背中に体重を感じた。母親が私を抱きしめてくれていた。

「由香子は、いくつになってもお母ちゃんの子どもや。由香子、安心し。どんなときもお母ちゃんが守るから……。絶対守るから」

母親をみる。母親は、涙を流しながら、満面に笑みをうかべていた。

私は二十九歳で、一人で理奈を育てなければならなくなった。ただ、幸いだったのは、私が公務員という職を得ていたことだった。私は智明と暮らしていたマンションを解約して、理奈と一緒に母親の団地に戻った。

それから、十九年が過ぎた。

二〇〇八年、理奈は短大を卒業した。私は四十八歳になっていた。

翌年、理奈が結婚した。相手は牧原幸雄《まきはらゆきお》という銀行員だった。幸雄はやさしそうな顔立ちをしていた。二人は新築のマンションで生活をはじめた。

一年が経った。二〇一〇年。理奈は女の子を出産した。美樹《みき》と名づけられた。

そして、この年、母親は七十七歳で仕事を引退した。最後の十年間は駅構内の清掃をしていた。母親は他人の三倍も四倍も働いた。これからはゆっくりと余生を楽しんでほしい……。

ある日、私が職場から帰ってくると家のなかがめちゃくちゃになっていた。部屋に物があふれている。

「お母ちゃん、なにこれ？　どうしたの？」

服の山のなかにいた母親に声をかける。

「鍵がないんよ……。それに、お金もぜんぜんあらへん」

私は玄関にむかった。シューズボックスの上に鍵がおいてあった。母親のバッグが台所の椅子にかけられている。なかをみると財布があった……。

その後、母親は急速に物忘れが進んだ。いやがる母親を病院につれていくと、「アルツハイマー型認知症」と診断された。症状をおさえる薬をもらった。だけど、あまり効果はなかった。母親は、月日を忘れ、いつ食事をしたかがわからなくなった。孫の名前を思いだせないこともあった。

私は、仕事以外の時間すべてを母親の世話に費やすようになった……。

二年が過ぎた。二〇一二年。

私は母親の介護に疲れてしまった。母親は感情の起伏が激しくなり、私にむかってどなったり物を投げたりした。そして、うつむいて独り言をいうようになった。認知症は人格まで変える。私が知っているやさしい母親は、もうどこにもいないように感じた。

二月、理奈が団地にやってきた。顔色が悪い。目の下にはクマができている。

「お母さん……。私、離婚を考えてるの」

理奈は、シャツのそでをまくった。腕にはいくつものアザがあった。

「幸雄の暴力よ……。背中もおなかもアザだらけなの……。もう限界だわ」

幸雄は銀行員だ。いまの時代、職業や立場で人間性をはかることはできない。それでも、あのやさしそうな顔立ちをしている幸雄がドメスティックバイオレンスの常習者とは信じられなかった。

「理奈、離婚してどうするの？」

理奈は、一瞬、目を見ひらいた。信じられないという表情だった。

「あのね、私は仕事とおばあちゃんの介護で精一杯なの。理奈や美樹の世話までできない。それに、おばあちゃんも私も夫と死に別れた。偶然、子どもが二歳のときによ。美樹は今年二歳でしょ。私は、また子どもが二歳のときに父親を失うのは耐えられない」

理奈はなにもいわなかった。そして、肩を落として帰っていった……。

三カ月が経った。理奈は何度か幸雄の暴力を訴えてきた。私は、「美樹のために我慢しなさい」といいつづけた。

母親の症状はさらに進んだ。最近は足腰が弱くなり家のなかを這うようになった。失禁も増えた。私は母親の汚れた下着を洗濯するたびに情けなくなった……。

五月十日の夜、仕事から帰ってくると、また部屋に洋服や物があふれていた。母親は押入れのなかにいた。台所に投げだされた洋服を片づけていたとき、突然、絶望感に襲われた。私は床に突っ伏して号泣した。母親のこと、娘のこと、自分の将来のことを考えると、涙がとまらなかった。

そのとき、背中に体重を感じた。

「由香子、またいじめられたんか?」

母親のやさしい声がきこえた。

「由香子はいくつになってもお母ちゃんの子どもや。お母ちゃんはどんなときも由香子を守る。絶対守る。そやから安心するんやで」

顔を上げる。母親は満面に笑みをうかべていた。私は、母親のことで泣いていた。それが、いま、本人から励まされている。冗談みたいな話だ。だけど、うれしかった。ひび割れた心が、一瞬にして潤った。

私は、いじめられていたとき、進路で悩んでいたとき、夫を亡くしたとき、母親の笑顔で救われた。生きる勇気をもらった。いまも同じだ。

母親はいろんなことを忘れてしまった。だけど、一番大切なことを覚えていてくれる。

「お母ちゃん、ごめんね。もう大丈夫。私、お母ちゃんがいてくれたらがんばれる」

母親は満足そうにうなずいた。

それから、私は理奈に電話をかけた。そして、美樹をつれてこっちにくるように伝えた。

三十分後、理奈と美樹がやってきた。理奈はやつれて生気がなかった。

「理奈、あなたはいくつになってもお母さんの子どもよ」

私は台所で理奈を強く抱きしめた。

「ど、どうしたの、お母さん？」

「お母さんはどんなときも理奈を守る。絶対守る。だから安心して」

「お母さん……」

「理奈、帰っておいで……。みんなで一緒に暮らしましょう」

理奈の顔がゆがむ。そして、両目から涙があふれでた。しばらく理奈は嗚咽していた。

「あ、ありがとう……。お母さんのいまのことばをきけただけで充分……。私、もうすこしがんばれるから……。だけど、もし、どうしても難しいことがあったら……。帰ってきてもいい？」

私は理奈の涙をぬぐいながらうなずいた。いつのまにか、母親がそばにきていた。母親は私たちを見上げて笑っていた。

そうだ。私は、人生の節々で母親の笑顔に救われた。生きる勇気をもらった。

こんどは私がみんなに、光を、希望をあたえる番だ。

私は、母親、理奈、美樹としっかり目をあわせた。そして、あらゆる想いをこめて、力いっぱい笑った。

空

私は海辺で生まれた。空と海がきれいなところだった。母親は、よく、「空《そら》。あなたの名前は、『ずっと青空が見守ってくれますように』と願ってつけたのよ。だから、どんなときも顔を上げて生きていってね」といった。その母親は、私が五歳のときに、急性白血病で死んだ。

そして、十歳のとき、父親が経営していたレストランがつぶれた。私と父親は薄暗い共同アパートに引っ越した。それから、生活はとても苦しくなった……。

私は中学を卒業したあと、『宝寿司』に就職した。『宝寿司』には従業員が十五名ほどいた。私だけが住み込みだった。毎日、掃除・皿洗い・接客・出前など十二時間以上働いた。

修業をはじめて半年後、師匠が細巻のにぎり方を教えてくれた。師匠は四十歳。一代で、『宝寿司』を大きくした。子どもがいない師匠は、住み込みで働く一番年下の私によく声をかけてくれた。

「空、細巻は寿司の基本だ。よく覚えておけ」

師匠の手さばきはあざやかだった。その後、私は、毎日、キュウリをネタにして細巻の練習をした。

さらに一年が経った。師匠にカッパ巻を試食してもらうと、「細巻はこれでいい。この調子でがんばれよ」とほめられた。私は、このことばで未来に希望を持つことができた。

年月が過ぎていった。

二十一歳になった私は、板前として、『宝寿司』で寿司をにぎるようになっていた。一年前から父親と連絡がつかなくなった。父親は、何もいわずにアパートを引き払っていた。

そんなある日、私の寿司を、「おいしい」といってくれる女性がいた。カウンター越しに、少し会話をした。

「板前さん、私と同い年なんだ」

千明《ちあき》と名乗った女性は微笑んだ。

「私、大学に通ってるの。でも、板前さんとちがって何の取り柄もないわ」

「大学生というだけですごいですよ。おれは中卒だから」

「学歴なんて関係ないよ。板前さんは手に職を持ってるじゃない。本当に立派だわ」

女性は真剣な顔でいった。それから、千明は、ときどき、私の寿司を食べに、『宝寿司』にやってきた。そして、出逢ってから三カ月後、私たちはつきあうようになった。

千明は本当に学歴にこだわらなかった。どんなときも私を立ててくれた。私たちは、千明が大学を卒業すると同時に入籍した。二十四歳のときに子どもが生まれた。「海《うみ》」と名づけた。娘は、笑うと右頬に可愛らしいえくぼができた。このころから、私は妻と娘のために自分の店を持ちたいと思うようになった。

『宝寿司』で修業をはじめて十年目。意を決して師匠にのれん分けを願いにいった。

「のれん分けは弟子からいうことじゃない。空は寿司職人としては一人前だ。だが、それだけじゃ店は持てない。おまえにはまだ早い」

私は納得できなかった。うまい寿司をにぎることができれば、充分独立できると思った。

三十歳のとき、駅前に空き店舗をみつけた。私は、『宝寿司』をとびだして、強引に寿司屋をオープンさせた。屋号は、妻と娘の名前をとって、『千海《せんかい》寿司』とした。

「千明。おれは死ぬ気で働く。借金も必ず返す。だから、これからも支えてくれ」

千明は笑顔で、「私はあなたを信じてる。ずっと、ずっと、一緒にがんばろうね」といってくれた。

『千海寿司』は、順調に客足をのばした。

しかし、良いときは長くつづかなかった。独立して二年を過ぎたころから、収入が落ちはじめた。あるとき、年配のお客さんに、「大将はまだ若いな。わしも寿司屋で修業したことがある。だからあえていうけど、あんたの挨拶と接客はだめだね。板前がうまい寿司をにぎるのは当たり前だ。寿司屋で一番大切なのは客と信頼関係をつくることだ」といわれた。

そのとき、師匠が、「まだ早い」といった意味がわかった。私は、人間として成熟していなかったのだ。

お客はどんどん減っていった。毎月、大きな赤字がでるようになった。

そして、独立して五年目に、『千海寿司』はつぶれた。多額の借金が残った。

私にできるのは、妻と娘に迷惑をかけないために、籍をぬくことだけだった……。

私は離婚してすぐに生まれ育った海辺の町を離れた。そして、いくつもの寿司屋を渡り歩いた。住所も転々とした。店を辞めるときは、いつも喧嘩《けんか》だった。自暴自棄になっていたのだと思う。千明と海には一度も連絡をとらなかった。借金は利子を返すだけで精一杯だった。

そうして、十五年の歳月がながれた。

桜の季節。私は離婚以来はじめて生まれ故郷に帰ってきた。満開の桜をみながら駅前を歩く。『千海寿司』があったところは有料パーキングになっていた。通りを抜けて、娘とよく遊んだ小さな公園にはいった。汚れたベンチに腰かけてまわりをみる。ブランコ、すべり台、砂場は、当時のままだった。

昨日、一年間働いた寿司屋を辞めた。お客との言い争いが原因だった。手持ちの金はほとんどない。すぐにでも次の仕事をさがさなければならない。しかし、もう、気力がない……。私は、五十歳になった。この十五年間、敗残者として、ずっとうつむいて暮らしてきた。笑ったことなど一度もない。最近は、働くことや生きる意味がわからなくなっている。

今日、ここに帰ってきたのには理由がある。

私は、故郷で、自分の命を絶つことにしたのだ……。

千明と海はどのような人生を歩んでいるのだろう？　私が独立したのは二人を幸せにしたかったからだ。その想いはいまも変わっていない。せめて、それだけはわかってほしい。

「きゃっきゃっ」

公園の入り口をみる。若い女性と三歳ぐらいの男の子の姿があった。

「大地《だいち》。走っちゃだめよ」

その声をきいたとき、全身に電流がはしった。

（海だ……）

十五年の歳月など関係ない。娘の声を忘れる親などいない。

帽子のつばをさげる。その隙間から二人の様子をのぞきみた。海が笑っている。右頬のえくぼは小さなころと変わらなかった。娘は二十六歳になっているはずだ。

子どもがこっちにむかってきた。海が私のほうをみる。そのとき、一瞬視線が交わった。

「え……。お父さん？」

海が声を上げる。私はあわててうつむいた。

足音が近づいてくる。

「やっぱり、お父さんだわ……」

目の前で声がした。その後、海はしばらく黙っていた。私も息を殺して地面を見つづけた。

「お父さん……。あの日から、お母さんと私は大変だったのよ……。私、お父さんのことを恨んだ」

　体が強張る。

「でも、お母さんは、お父さんを信じてた。私がお父さんを非難すると、いつも、『そんな人じゃない。お父さんはいまも私たちのために働いてる。生活ができるようになれば、必ず帰ってきてくれるわ』といった。そして、お母さんは、毎日、十五時間以上仕事をした。どこで働いたと思う？　お父さん、よく聞いて……。お母さんは、お寿司屋さんで働いたのよ」

　心臓がドクンと鳴った。

「お母さんは、ほとんど睡眠をとらずに早朝の仕入れにもいった。そのおかげで、私は大学にはいることができた。そして、卒業したときに同級生と結婚した。二十三歳で赤ちゃんを産んだ。大地という名前はお母さんがつけてくれたの。意味はわかるでしょ？　『空』と『海』と、『大地』よ。お母さんは大地を抱いたとき、本当に喜んだ。お母さんは……。うううぅぅ……」

　海が嗚咽した。責任を果たせてよかったといった。そして、大地が生まれて半年後、

「亡くなった……」

　思わず顔を上げる。

「お母さんの体は、スキルス性のがんにおかされてたの。病院にいったときは、もう手遅れだった」

　千明が、死んだ……。私は自分の魂が抜け落ちていくように感じた。

「お母さんは、最後まで、お父さんと結婚できたことを喜んでた。お父さんを疑ったことは一度もなかった。私、そんなお母さんをみて、女性って強いと思った」

　海は涙をふいて、息をひとつ吐いた。

「ちょっと自分の話をするね。主人が働いてた会社が、去年、倒産したの。主人はノイローゼになった。これから先、私と大地を守ることができないと思ったそうよ……。幸いに新しい勤め先は見つかった……。私ね、主人の苦しむ姿をみて、お父さんを思いだしたの。お父さん、『千海寿司』は、お母さんと私のためにひらいたんでしょ？　家族のこと、全部、自分で背負おうとしてたんでしょ？男性って弱いよね。私もお母さんも、お父さんがいてくれるだけでよかったのに……」

海の口もとがゆるむ。愛らしいえくぼがあらわれた。

「私、いまは、お父さんの気持ち、少しはわかる。さっきはきついこといってごめんね。もう、恨んでないから……。私、お父さんのことが大好きだよ」

海は透き通った眼差しでいった。

「そうだ。お父さん、どこで働いてるの？」

ことばがでない。私は、仕事を失い、生まれ故郷に帰ってきた。今日か明日、自分でこの命を絶とうと思っている。

「私、家計を助けるためにバイトしてるの。バイト先は、お母さんが働いてたお寿司屋さんよ。その名前は……」

海が私の目をジッとみる。

「『宝寿司』」

息がつまった。

「お師匠さんは七十歳を超えてるけど、すごく元気よ。お師匠さん、いまでもお父さんのことを息子だと思ってるみたい。毎日、『海ちゃん。空に会ったらいつでも帰ってこいと伝えてくれ』といってるわ……。お父さん、働くところがなければ、『宝寿司』に戻っておいでよ。私も、お師匠さんも待ってるから。もちろん、お母さんもね。だから……」

海の右手が私の肩にふれる。

「死んじゃだめよ」

私は目を見ひらいて海をみた。

「な、なぜ、それを?」

「親子だもん。お父さんの姿をみればわかるよ……。お父さん、どうしても働くのがつらかったら、団地だけど、私のところにくればいい。お母さんは、『私の部屋はお父さんのために残しておいて』といった。私、お父さんの部屋を、毎日、ちゃんと掃除してるのよ」

視界がゆがむ。次の瞬間、涙があふれでた。

私は、十五年間、地べたを這いずり回ってきた。やさしさにふれたことなど一度もなかった。だからこそ、海の思いやりが、千明の愛情が、かけがえのないものに思える。

（生きよう……）

『宝寿司』の寮に住まわせてもらって、もう一度、掃除と皿洗いからやりなおそう。そして、命ある限り、千明の供養をしていこう。

「海……。お父さん、弱虫だけど……。勇気をだして、師匠のところにいってくる」

海が微笑みながらうなずく。

私は立ち上がって前をみた。

桜の花びらが舞う空は、私と海と大地を見守るように、青く、あおく、輝いていた。

二人の轍

私は一九七三年に生まれた。第一次オイルショックがおこったときだった。父親と母親は、私が愛される女性になってほしいと願い、「愛子《あいこ》」と名づけた。両親は共働きで団地住まいだった。

一九八〇年、私は小学校に入学した。その後、日本経済は急成長して、「バブル景気」に突き進んでいった。だけど、私は、明るく楽しい時代を暗い気持ちで過ごした。

人間は、年齢を重ねるごとに、勉強やスポーツ、そして、容姿さえも相対化されていく。私は勉強も運動もあまりできなかった。小柄で、目は細くて鼻は低かった。私には他人に自慢するものが何ひとつなかった。「せめて、顔ぐらい可愛かったら」と何度思ったかしれない。「愛子（＝愛される子）」という名前も嫌いだった。

一九九二年、私は高校を卒業して、『大崎工業』という工場の事務員になった。灰色の地味な制服は、自分に似合っていると思った。

同期には三人の男性がいた。同い年の高見光一《たかみこういち》は、色が白くて体の線が細かった。重い荷物や道具を運ぶときは体がふらついていた。私は、そんな光一を、いつも心配しながらみていた。

三カ月後。案の定、光一は荷物を落として足にけがをした。私は、工場の物置で応急処置をした。

「大丈夫、光一くん？」

「……え？」

光一が不思議そうに私をみる。

「あ、ごめん、私、いま、高見くんのことを名前で呼んじゃったね」

「ううん、いいよ、同期だから。少し痛みがなくなった。ありがとう、愛子さん」

光一は笑顔で私の名前を呼んだ。私は胸がときめくのを感じた。

その後、私たちは、つきあうようになった。もちろん、私にとってはじめての交際だ。

光一の生い立ちは複雑だった。五歳のときに両親が離婚して、母親が光一の親権を持った。しかし、母親は、光一が小学二年生のときに子育てを放棄した。それから光一は伯父のもとで高校までを過ごしたという。

いま、日本は空前の好景気をむかえている。ニュースは明るい話題ばかりだ。それでも、みんなが幸せなわけじゃない。社会の底辺で苦しんでいる者はたくさんいる。

光一は、築三十年のアパートで一人暮らしをしていた。部屋にはたくさんの小説があった。

「ぼくは物語が好きなんだ。頭はよくないけど、高校のときから、毎日、自分で作品を創ってる」

光一は照れながらいった。光一の個性は、力仕事よりも文章を書くほうが似合っている。おそらく両親がそろっていれば大学を目指したことだろう。ただし、光一は、自分の運命を否定することばは一切いわなかった。

二年後。私と光一は二十一歳のときに入籍した。私は光一のアパートで新しい生活をはじめた。

私たちはたくさん夢を語りあった。私は、光一の物語がいつか多くの人に読まれることを願った。光一は、もう少し貯金ができたら子どもをつくろうといってくれた。私たちは、女の子なら、「恵《めぐみ》」、男の子なら、「純《じゅん》」と決めていた。

光一は、取り柄のない私を大切にしてくれた。私は幸せだった。貧しくても、光一と一緒に働きながら生きていければ充分だった……。

だけど、私たちの小さな幸せは長くつづかなかった。

一九九五年。『大崎工業』が倒産した。バブルが弾けて倒産ドミノがおこっているときだった。

光一と私は、高卒で特別な資格を持っていない。ほんのわずかな功労金で放りだされた私たちは途方に暮れた。

光一は、毎日、ハローワークに通った。そして、何とか引っ越し業者に再就職することができた。給料は大崎工業のときより安かった。それでも、光一は、

「ぼくは肉体労働しかできないから」といって黙々と働いた。そして、物語も創りつづけた。

私のほうは短期の事務員やレジ打ち、チラシ配りなど様々なアルバイトをした。そうして、私たちは、一年いちねん、命をつないでいった。


十年が経った。二〇〇五年、私たちは三十二歳になった。

私と光一は、相変わらず生活に追われている。住まいも古アパートのままだ。

私は、この十年のあいだに、大きな絶望を味わった。

私と光一は生活が苦しくても子どもをつくることに決めた。だけど、私は妊娠しなかった。

光一は、「心配しなくても、いつか可愛い赤ちゃんを授かるよ」といってくれた。私はそれでも不安で病院にいった。その結果、私の体は卵子をつくる能力が著しく低いことがわかった。

私は小さなころから取り柄がなかった。赤ちゃんを産むこともできないなんて、いったい、何のために生まれてきたのだろう……。

光一は安い給料で一所懸命働いた。ずっと物語も創っている。私は光一を応援しつづけた。だけど、光一がコンクールに応募した作品はひとつも入賞しなかった。

私は、夜遅くに鉛筆で原稿用紙をひとマスずつ埋めていく光一の姿をみると悲しくなった。昨年、十九歳の女子学生が芥川賞を受賞した。物語は、「才能の分野」ではないだろうか？　力のある人は若くても名声を得ることができる。私と光一は似た者同士だ。すべてにおいて才能がない。どれだけ真面目に努力しても何ひとつ結果はでない。

私たちはこれから先も社会の底辺でもがきつづけていくしかないのだろう。

二〇一三年をむかえた。

私と光一は四十歳になった。生活に変化はない。光一も私もひたすら働いている。

私は赤ちゃんを産むことをあきらめた……。

光一は相変わらず愚痴ひとつ いわない。昔も今も現実を受けとめて暮らしている。

私は、光一のやさしさにふれるたびに、自分のいたらなさを感じてつらくなった。


六月一日午後八時。

私は事務のパートを終えて帰宅した。アパートの部屋にはいると、光一が笑顔でむかえてくれた。

「どうしたの？　いいことでもあったの？」

光一はうなずいて、封筒を渡してくれた。なかにはコピー用紙と便箋がはいっていた。コピー用紙をひらく。

私は、息がつまった……。

光一の作品が、大衆文学誌の大賞に選ばれたと記されている。

「ホ、ホント？」

「うん。事務局に問い合わせたら間違いなかった」

「おめでとう！　よかったね、光一！」

「ありがとう。愛子のおかげだ」

「何いってるの。光一の力よ。ずっと努力してきたもの」

「いや、本当に愛子がいてくれたからなんだ。便箋のほうを読んでみて」

便箋は手書きだった。差出人は、私でも知っている有名な作家だ。

私は声にだして手紙を読んだ。

「高見さま、おめでとうございます。私は、『恵の轍《わだち》』に強く共感しました。主人公の恵は、最後まで豊かになれません。客観的には幸せな人生とはいえません。それでも、恵の心はまったく濁ることがありませんでした。苦しみも悲しみも受けとめて、ひたすら命を輝かせていきました。私は、この姿こそが、これからの日本文学を支えていくと思います。私は、今回の作品を読ませていただいて、高見さまの精神は純粋で真っ直《ます》ぐだと感じました。経歴に、『引っ越しの仕事をしています。妻と二人暮らしです。毎日、妻に励まされて原稿用紙にむかっています。小説を創りはじめて二十五年が経ちました』と記されていましたね。きっと、恵のモデルは奥さまなのでしょう。奥さまがいたから、この作品が誕生したのでしょう。やさしい奥さまに見守られながら執筆に励む高見さまのお姿が

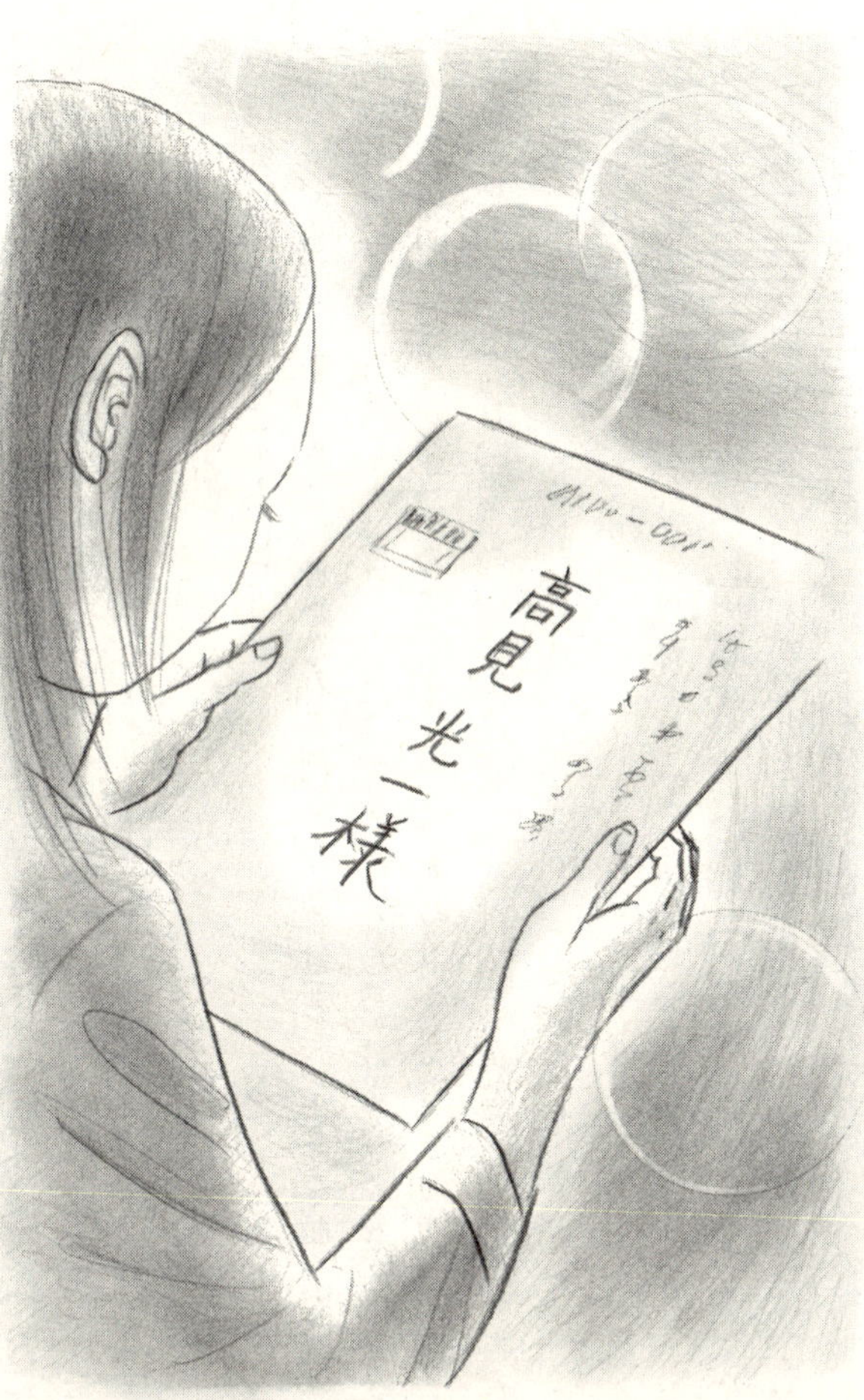
高見光一様

目に浮かびます。高見さま、これから本当に期待しています。是非、多くの人に生きる勇気をあたえる物語を創りつづけてください。そして、奥さまにも、是非、よろしくお伝えください。あらためて、高見さま、奥さま、おめでとうございました……」

私は胸に熱いものがこみあげてきた。

「ぼくは物語が好きだ。物語は無から有を創る。それは新しい生命を産みだすように感じる。この作品の主人公は、恵だ。愛子、ぼくたちには赤ちゃんができないかもしれない。だけど、『恵の轍』こそは、二人の子どもだ。この作品は、手紙に記されているとおり、愛子がぼくを見守りつづけてくれたからこそ生まれたんだ」

光一の目は真っ赤にはれていた。

私は光一の涙をみて、これまでの様々なことを思いだした。

私の家庭は貧しかった。光一は両親からすてられた。私は子どもを産むことができなかった。だけど、光一は、どんなときも私を守ってくれた。私たちは、二十年以上、社会の荒波のなかを、強く手をにぎり合って生きてきた。その結果、

『恵の轍』という子どもを授かったんだ。

「愛子、『恵の轍』は商業出版される。だけど、いまの出版業界は、音楽の世界と同じでとても厳しい。売れるものはほんの一部だ。おそらく、ぼくの作品は話題にもならず消えていくだろう。ぼくが作家として自立できる可能性はほとんどない。現実的には、一生、肉体労働をしなければならない。それでも、ぼくは物語を創っていく……」

光一は透き通った眼差《まなざ》しで私をみた。

「こんどの作品は、純が主人公だ。ぼくは、純も、恵のように、必ず、この世界に送りとどける」

私は光一のことばをきいて涙があふれでた。

「……私は何もできない。赤ちゃんを産むこともできない。私、ずっと苦しんできたのよ……。あなたが、『恵の轍』を二人の子どもだといってくれて、本当にうれしい」

私は、光一の胸に顔をうずめた。光一の心臓の鼓動がきこえる。すごく幸せだった。この一瞬があるだけでも、私は生きてきてよかった。

これからも苦しいことはたくさんあるだろう。

だけど、光一と恵と、そして、もうすぐ生まれる純と一緒ならば、すべてを受けとめて歩んでいける。

父親と母親は、私が愛される人間になってほしいと願い、「愛子」と名づけた。私は高見光一という一人の男性に愛されるために生まれてきた。

それはかけがえのないことだ。

「愛子、苦労ばかりかけるけど、ずっと一緒に生きていこう。愛子は、ぼくのすべてだよ」

「あなた、ありがとう……。私、純の物語も応援してるからね」

光一が力強くうなずく。私は、笑顔で、もう一度、光一を抱きしめた。

手紙

私は一九七六年に千葉県で生まれた。

高山木星《たかやまもくせい》と名づけられた。

私の父親は大工でプロレスラーのような大男だった。だけど、趣味はクラシック鑑賞だった。父親は、一九〇〇年代初頭に活躍したイギリスの作曲家・グスターヴ・ホルストが好きだった。「木星」とは、ホルストの組曲『惑星』の中の一楽章だ。

私は小さなころから自己紹介するたびに笑われた。そのため、どうしても自分の名前を素直に受けとめることができなかった。

小学五年生のとき、私は勇気をだして父親に名前のことを抗議した。

「木星。おまえは、『翔』や『翼』というかっこいい名前がよかったのか？　上をみればきりがないぞ。ホルストの、『惑星』には、火星・金星・水星・木星・

土星・天王星・海王星という七つの楽章がある。この中では、『木星』が一番いいと思わないか？」

父親が私の耳に口を近づける。

「ここだけの話だが……。おまえは、『海王星』になっていたかもしれないんだ」

私は背筋が凍った。そして、二度と名前のことには触れないでおこうと思った……。

私は父親に似て体が大きかった。中学・高校は柔道部にはいった。高校二年生のときには、「関東高等学校柔道大会」の団体戦で準決勝まで進んだ。

一九九五年、私は私立大学に入学した。クラブ活動はしなかった。そのかわり、バイクで日本一周旅行をおこなった。

私は大学の休みを利用して、本州・四国・九州・沖縄という順番でバイクを走らせた。県庁所在地はもちろんのこと、観光名所にも足を運んだ。野宿は当たり前だった。私はたとえ誰かに襲われても返り討ちにするだけの自信があった。そして、大学三年生の夏休みに最後の北海道をまわり終えた。

日本は自然に恵まれた美しい国だった。私はこの素晴らしさを多くの人に伝えたいと思った。

一九九九年、私は大学を卒業した。日本一周旅行の経験をいかして、『サンライズトラベル』という旅行代理店に就職した。会社では、毎日、窓口業務と国内ツアーの立案をおこなった。

二〇〇一年一月、私は、上野美花《うえのみか》に出逢った。美花は女友だちと大学の卒業旅行を計画していた。行き先は京都だった。

美花は私の名刺をみて、「高山さんの名前って木星なんですか?」といった。

「自己紹介するたびに笑われます。おかしな名前ですみません」

「そんなことないですよ。すごくいい名前だと思います」

「……え?」

「私、中学・高校と吹奏楽部だったんです。『木星』といえば、グスターヴ・ホルストを思いだします」

このことばをきいたとき、私は美花を身近に感じた。

「私の名前を肯定してくれたのは上野さんがはじめてです。本当にありがとうございます」

私が頭を下げると美花は笑った。透明感のある美しい笑顔だった。

二カ月後。美花から封書が届いた。中には手紙と小さなペンダントがはいっていた。

木星さん（ファーストネームで呼ばせていただきますね）、この度はお世話になりました。木星さんのおかげで楽しい旅行ができました。

京都の嵐山ってきれいですね。そのペンダントは龍安寺《りょうあんじ》のつくばいをモチーフにしたものです。「吾・唯・足・知」と記されています。

「吾《わ》れ、唯《ただ》、足ることを、知る」は、今に感謝して生きるという意味だそうです。

私も木星さんに出会えたことに感謝しています。

私はペンダントを大切に財布にしまった。そして、生まれてはじめて、「木星」という名前を素直に受けとめることができた。

手紙には美花の携帯電話の番号が記されていた。私は美花にお礼の連絡をした。そのとき、思いきって食事に誘った。

四月、美花は市役所に就職した。

夏を過ぎるころ、私と美花はつきあうようになった。美花は、よく、「文章のほうが自分の気持ちを正確に伝えられるから」といって手紙をくれた。

そうして一年が過ぎた。

二〇〇二年十月六日、私と美花は結婚した。

ちなみに、私の父親は披露宴で酔っ払いながら挨拶した。

「ようするに、木星という名前はホルストの、『惑星』からとったわけです……。実は、私にはつらい思い出があります。昔、木星から、『どうしてこんな名前をつけたんだ』と責められたのです。息子は、『翔』や『翼』というかっこいい名前がよかったのでしょう。しかし、上をみればきりがありません。私は、『おまえは海王星になっていたかもしれないんだ』といってやりました。息子の顔は真っ青になりました。それから木星が名前について抗議することはなくなりました」

会場が大きな笑いに包まれた。

その後、私は実家の近くにマンションをかりて美花と新生活をスタートさせた。

翌年、男の子が生まれた。私が二十七歳、美花が二十五歳のときだった。私たちが名前を考えていると、父親は、「『惑星』がいいんじゃないか」といった。私は、あわてて、「誠《まこと》」と名づけた。

私は誠を抱きながら自分の人生を振り返ってみた。一人っ子だった私は両親の愛情を一身にうけて育った。学生生活は充実していた。第一希望の会社に就職することもできた。さらに、やさしい女性に出逢い、可愛い息子を授かった。私は幸せだった。そして、この明るい日々がずっとつづくと心から信じていた。

五年が経った。二〇〇八年、リーマンショックによる世界同時不況がおこった。日本経済も大きな打撃をうけた。

二〇一一年、追い打ちをかけるように、東日本大震災がおこった。その後、『サンライズトラベル』の業績は急激に悪化した。

そして、この年の十月、『サンライズトラベル』はあっけなく倒産した。私は三十五歳だった。誠はまだ八歳だった。

私は、毎日、ハローワークに通った。しかし、三十代の半ばで特別な資格を持たない者が正社員になるのは難しかった。

私は二十社以上面接をうけた末に、なんとか、『琥珀《こはく》広告社』という小さな広告代理店の営業職に就くことができた。これまで私は挫折を経験したことがなかった。それだけに二十を超える企業に拒否されたことは大きなトラウマ（精神的な傷）になった。

私は、『琥珀広告社』で懸命に働いた。それでも給料は大卒の初任給以下だった。現実的に私たちの生活は美花の収入がなければ成り立たなかった……。

二〇一四年八月。

今度は、『琥珀広告社』が倒産した。

私は三十八歳で再び仕事をさがさなければならなくなった。

私にはまだプライドがあった。背広を着て働きたかった。しかし、ホワイトカラーの仕事は書類選考の段階ですべて落とされた。私に提示されるのは、「きつい・きたない・危険」という三Kの仕事ばかりだった……。

二カ月が経った。

十月六日午後十時。私は誠を寝かせたあと、台所のテーブルで美花とむき合った。

私は、今朝、ハローワークにいくといって家をでた。しかし、実際には公園で時間をつぶした。私が公園のベンチに座っていると背広姿の男性が目の前を通り過ぎた。私はくちびるをかんだ。自分が情けなくてたまらなかった。そして、「私にはもう人間としての価値がないのだ」と思った。

「あなた、顔色が悪いわ……。あまり自分を責めないで。心配しなくても大丈夫よ」

顔を上げると美花が微笑んでいた。私は二度も失業した。だけど、美花は文句ひとついわない。ずっと笑顔で見守ってくれている。

「私、手紙を書いたの。文章のほうが自分の気持ちを正確に伝えられるから……」

美花は二つ折りにした便箋を渡してくれた。便箋を開く。繊細で美しい文字が並んでいた。

今日は十月六日です。

私たちの十二回目の結婚記念日になります。

私ははじめてあなたに会ったとき、その誠実な人柄に強く魅かれました。

そして、あなたから食事の誘いを受けたとき、心が弾みました。

私の人生最大の喜びはあなたと結婚できたことです。

私たちの披露宴のとき、お義父さんは、木星という名前について、「上をみればきりがない。海王星よりはいいだろう」と仰いました。

そのことばをきいて、私は龍安寺のつくばいに刻まれている、「吾れ、唯、足ることを、知る」を思いだしました。

そして、このとき、私は、「あなたと一緒に、今、あるものを大切に受けとめて生きていこう」と心に誓ったのです。

この十二年間、いろいろなことがありました。私たちは、誠の誕生はじめ、喜びや楽しみをたくさん経験しました。

だけど、人生は悲しみや苦しみのほうがずっと多いですね。特に、あなたにとって、この三年間は、つらく大変だったことでしょう。

でも、『サンライズトラベル』と、『琥珀広告社』が倒産したからといって、あなたの人間としての価値が下がるわけではありません。

女性は男性の働く姿だけをみているのではありません。

私は、あなたの存在そのものをみつめてきました。

あなたが私と誠を裏切ったことは一度もありません。あなたは、毎日、私たちを想いつづけてくれました。

私は、それだけで、充分です。

あなたがそばにいてくれれば幸せです。

これ以上望むものは何もありません。

あなた、仕事のことはゆっくり考えてください。私も働いていますから心配しないでくださいね。

私の願いは、十年後も、二十年後も、三十年後も、あなたと支え合って、今、あるものに感謝しながら歩んでいくことです。

木星さん……。

心から愛しています。

あなたは、私の、すべてです。

私は号泣した。とめどなく涙が流れ落ちた。

私は三十五歳まで挫折を経験したことがなかった。しかし、『サンライズトラベル』の倒産をきっかけに人生が暗転した。最近は自分の存在意義もわからなくなっている……。

私は財布から小さなペンダントを取りだした。「吾・唯・足・知」と記されている。

私は、今こそ、唯、足ることを知らなければならない。すべてに感謝しなければならない。そして、前にむかって歩きださなければならない。

明日、ハローワークにいこう。

もう、ホワイトカラーの仕事にはこだわらない。きつくても、きたなくても、危なくてもかまわない。私の体力があれば三Kの労働にも耐えられるはずだ。

「美花。おれ、この手紙を、一生、大切にする……。おれはどんな仕事でもする。そして、十年後も、二十年後も、三十年後も、この手で、必ず、美花と誠を守りつづける……」

美花は嗚咽しながらうなずいた。

私はその涙を指でぬぐった。

そして、すべての想いをこめて、美花の手を、強く、つよく、にぎりしめた。

4章

傷ついた心を癒してくれるお話

泥濘の花

私は、一九八三年に生まれた。この年、東京ディズニーランドが開園した。その後、日本はバブル景気に突き進んでいった。

私は、「小耳症《しょうじしょう》」だった。

先天的に右耳の耳介《じかい》（集音機の役割をする貝殻状の外耳）がほとんどなかった。

両親は私が障がいに負けない人間に育ってほしいと願い、「強《つよし》」と名づけた。

私は、幼稚園で、何度も、「強くんってどうして耳がないの？」といわれた。耳を指さして笑う者もいた。これらの出来事は大きなトラウマ（精神的な傷）になった。私は、人間は残酷だと思った。そして、「一生、耳を隠して生きていこう」と強く心に誓った。

一九九六年。私は中学生になった。運動部にはいらなかった。走れば耳の形が違うことがばれるからだ。また、被害者意識が強くなり、他人と関わることを避けるようになった。私は、毎日、「耳の障がいさえなければもっと積極的になってたくさん夢を叶えることができるのに……」と思った。

中学二年生のとき、私は瀬川翔《せがわしょう》と同じクラスになった。翔は彫りの深い整った顔立ちをしていた。飛びぬけて背が高かった。翔はクラスの中心だった。女子の人気も高かった。

私は翔をみて人間の価値は外見で決まるのではないかと思った。

私のような耳の障がい、さらに、顔がよくない、背が低いなどの肉体的なハンディは日常生活に影を落とす。私は翔の恵まれた資質を心からうらやましく思った。

一九九九年、私は高校の普通科に入学した。翔は違う高校に進学した。

私の高校は繁華街のそばにあった。となりの席の佐倉陽子《さくらようこ》は初対面のときからいろいろと話しかけてくれた。陽子は美しくて聡明《そうめい》だった。私は、陽子も、翔同様、劣等感とは無縁な存在だと思った。

六月、衣替えがおこなわれた。しかし、陽子は長袖のままだった。私は陽子に半袖に着替えない理由を尋ねてみた。

「……私、六歳のときに、やかんの熱湯を浴びたの。それで腕と背中にやけど跡があるのよ」

陽子の視線が私の右耳をとらえる。このとき、私は、「陽子は私の障がいを知っているのだ」と思った……。

その後、私と陽子は放課後に繁華街の中にある公園のベンチで話をするようになった。私は必ず陽子の右側に座った。右耳がみえないようにしたのだ。ちなみに、公園には時計塔と蓮《はす》型の大きな噴水があった。噴水は一時間ごとに水を噴き上げた。

六月二十五日。陽子は公園で、「強くん、驚かないでね」というと、シャツの袖をまくった。左腕に赤黒いケロイドがあらわれた。

私は、一瞬、息がつまった。

「このケロイドは背中までつづいてるの。ママとパパは、『陽子の将来を台無しにしてしまった』といってあやまりつづけてる。たしかに、私は結婚どころか恋愛もできないかもしれない……。自分の努力ではどうしようもない肉体の欠陥は本当につらい。だけど、私は、この傷を誰のせいにもしない。苦しみも悲しみも受けとめて、毎日、精一杯生きていく」

そのとき、噴水から水が上がった。時計塔の針はちょうど午後五時をさしていた。

陽子が蓮型の噴水に視線をうつす。

「蓮は泥の中でも綺麗《きれい》な花を咲かせる……。強くん。私は蓮のような人間になりたい」

陽子は強い眼差しで私をみた。その瞬間、私は陽子の行動の意味がわかった。陽子は私の心を開かせるためにケロイドをみせたのだ。

私はここで逃げてはいけないと思った。しかし、私には勇気がなかった。私はどうしても耳の障がいを口にすることができなかった。

二〇〇二年、陽子は現役で国立大学の薬学部に合格した。私のほうは志望大学の受験に失敗した。結局、私はすべり止めに受けた私立大学に通うことになった。

五月。私は大学のキャンパスで翔と再会した。翔も同じ大学に通っていたのだ。翔は、よく、「強、もっと自信持てよ。この世界には面白いことがたくさんある。おれは毎日楽しんでる。ウサギとカメなら、おれは最後まで幸せなウサギで生きてやる」といった。そのことばどおり、翔は大学生活を満喫していた。

陽子は離れてもメールや電話をくれた。私たちはときどき一緒に食事をした。

私は陽子が好きだった。ケロイドはまったく気にならなかった。しかし、私はすべてにおいて消極的だった。陽子に告白する度胸などなかった……。

二〇〇六年、私は大学を卒業した。何とか地元の一般企業に入社することができた。ただ、私が配属されたのは多くの人と関わらなければならない営業部だった。ちなみに翔は留年した。翔は遊ぶことに忙しかったのだ。

四月になり、私はスーツ姿で外回りをはじめた。しかし、他人とのコミュニケーションを避けてきた私にとって営業ノルマを達成することは難しかった。私はこのときも、「耳の障がいさえなければもっと積極的になって顧客を獲得できるのに……」と思った。

年月が過ぎていく。

就職して八年が経った。

二〇一四年七月一日。私は成績不振により会社から早期退職をすすめられた。

目の前が真っ暗になった……。

三日後。陽子から食事の誘いがあった。

午後八時。私と陽子は地元の繁華街を歩いている。レストランにはいろうとしたとき、「強！」と声をかけられた。振り返ると、長身のホストが立っていた。

「お、おまえ、翔じゃないか……」

翔と私たちは路地で立ち話をした。

翔は、二度留年してやっと大学を卒業したそうだ。就職活動はうまくいかず、今は女性に養ってもらっているという。陽子は眉をひそめた。翔は、「ホストはバイトだ。ほかにバーテンの手伝いもしてる。おれは完全に夜の人間になってしまった……。こんなはずじゃなかったんだけどな」といった。翔の目は充血していた。顔は青白かった。私は、翔が力尽きたウサギのようにみえた……。

私と陽子は翔と別れてレストランにはいった。

私は食事をしながら翔の落ちぶれた姿を思いだした。翔は完璧な容姿をしていた。私はずっと翔がうらやましかった。しかし、翔は自分の姿におぼれ、努力を怠った。毎日、遊びつづけた。その結果、今は定職も持たず女性に養ってもらっている。

私は翔と逆の意味で外見にとらわれてきた。私のほうは被害者意識を持って努力を怠りつづけた。その結果、今、会社から早期退職を迫られている。

私は陽子をみつめた。陽子は美しくて聡明だ。しかし、やけど跡という女性としては致命的な傷を負っている。陽子の中には、翔と私が存在しているのだ。だけど、陽子は、翔にも私にもならなかった。おごりたかぶらず、被害者意識も持たず、つねに前向きに努力をつづけた。その結果、国立大学を卒業して、今は薬剤師になっている。

陽子は、昔、「私は、この傷を誰のせいにもしない。苦しみも悲しみも受けとめて、毎日、精一杯生きていく」といった。

肉体のハンディに苦しむ者はたくさんいる。

しかし、現実を否定しても何も変わらない。この世界は外見が優れているから幸せになるのではない。見た目が劣っているから不幸せになるのでもない。大切なのは先天的な資質ではなくて後天的に身につける力だ。やけど跡というハンディを乗り越えて夢を実現していく陽子の姿はそれを見事に証明している。

陽子は高校生のときから私を見守りつづけてくれた。私は今こそ陽子にすべてを話そうと思った。勇気を持って、自分の障がいのことを、陽子をずっと愛してきたことを伝えるんだ。

私は、食事のあと、陽子を繁華街の中にある公園につれていった。私たちは三十一歳になった。二人でこの公園に通っていたのは十五年前だ。公園には、今も時計塔と蓮型の大きな噴水があった。陽子はベンチに座って、何度も、「懐かしい」といった。

私は陽子の右側ではなく左側に座った。

「……昔、陽子はこのベンチでやけど跡をみせてくれた。そのとき、おれは陽子のケロイドを醜いとは思わなかった。その気持ちは今も変わらない。やけど跡は陽子の価値をほんのわずかも下げるものじゃない……」

私は髪をかきあげて右耳をあらわにした。

「陽子は気づいていたと思うけど、おれは小耳症なんだ。おれは、今、はじめて、自分の意志で耳をみせる。陽子はおれを心配してずっと連絡してくれていたのだろう……。おれはこれまで都合の悪いことを全部小耳症のせいにしてきた。

だけど、もう現実逃避はしない。今日からは耳を隠さずに生きていく」

私は大きく息をした。そして、陽子の目をしっかりみた。

「おれは、この十五年間、陽子だけをみてきた。陽子のことがずっと好きだった……。陽子、おれとつきあってくれ」

しばらく沈黙がつづいた。

陽子の両目から涙がこぼれ落ちる……。

「私は、二十五年間、やけど跡のことで苦しんできた。何度もくじけそうになった……。だけど、いつか、私のことをわかってくれる人があらわれると信じて歩んできた……。強くん。私のケロイドを受けとめてくれたのはあなたがはじめてよ。本当にありがとう」

陽子はいつも明るく振舞っていた。だけど、実際は悩みつづけていた。当たり前だ。女性が体に傷を負っているのだから……。

「私は強くんが障がいを持っているから気にかけていたんじゃない。女性は心配なだけで男性に連絡なんてしない。私は初対面のときから、強くんが……。好きだった……」

陽子が私と視線をあわせる。

「自分の力ではどうしようもない肉体の欠陥は本当につらい……。だけど、強くん、もう安心して……」

陽子の両手がのびる。そして、やさしく私の右耳をつつみこんだ。

「私が、あなたの耳になる……。私は、強くんの、苦しみも、悲しみも、一緒に受けとめる。これからは、二人で力をあわせて、どんなことも乗り越えていきましょう」

その瞬間、視界がゆがんだ。涙があふれでた。私は、幼稚園で、何度も、「どうして耳がないの?」といわれた。みんなから笑われた。私は、人間は残酷だと思った。そして、「一生耳を隠して生きていこう」と強く心に誓った。

幼稚園での出来事から二十五年の時間《とき》を経て、今、そのトラウマが消えた。

私は、陽子の愛情によって救われたんだ。

そのとき、噴水から水が上がった。時計塔の針がちょうど午後九時をさしている。

私は蓮型の噴水をみつめた。

陽子は、昔、「蓮は泥の中でもきれいな花を咲かせる……。強くん。私は蓮のような人間になりたい」といった。

私たちの世界は苦しみに満ちている。

それでも、私は、この泥濘《でいねい》の中で花を咲かす努力をしていこう。

私は、今の会社をリストラされても絶対にあきらめない。どんな労働でもする。朝も、昼も、夜も働く。這いつくばってでも仕事にむかう。そして、陽子に笑顔を与えつづけるんだ。

陽子の背中に手をまわす。

「陽子……。二人で、必ず、幸せになろう」

陽子がうなずいて私の胸に顔をうずめる。

二人の鼓動が重なる。

私は陽子を抱きしめながら、このかけがえのない命を守るために生きていくことを、強く、つよく、心に誓った。

希望の絵

私は一九七二年に滋賀県で生まれた。父親と母親はともに教師だった。二人は私が聡明な女性になってほしいと願い、「智恵《ちえ》」と名づけた。

私はひとりっ子だった。両親は、私が十歳のときに、琵琶湖を望む住宅地に一軒家を建てた。私は、毎日、広大な湖を眺めながら読書をした。中学二年生のときに読んだ本の中に、「人間はすべてを取りそろえたいと思う。そうして、やっとこれらのものがみなそろったと思っても、それはほんの束《つか》の間で、すぐにまた消え失せてしまう」という一節があった。

私は、このことばが強く印象に残った。

一九八八年四月、私は高校に入学した。

九月一日。私のクラスに、田口夢人《たぐちゆめと》という男子が転校してきた。三日後、夢人は、私が所属している美術部に入部した。私たちのクラブは、毎日、部員をモデルにしてクロッキー（人物などを短い時間で写しとる素描《そびょう》）をおこなっていた。この日は私がモデル担当だった。私の正面に夢人が座る。私は、「南智恵です。よろしくお願いします」と挨拶した。夢人は左利きだった。その顔立ちはくせがなくてとても整っていた。

十分が経ちクロッキーが終了した。

私は最初に夢人の絵をみせてもらった。

一瞬、息がつまった。それは短時間で描いたとは思えないほど精密なものだった。

「すごくリアルだ」「生きてるみたい」という声があがる。そのとおりだ。ただ、夢人は私の左右非対称の顔や右目が少し小さなところまでを正確に描いていた。私は思わずうつむいてしまった。夢人に自分のコンプレックスを見透かされたようで恥ずかしかったのだ。

一カ月が経った。十月一日、私は部活の帰りに、「田口くんはこれまでどんな絵の勉強をしてきたの？」と尋ねてみた。

「特別な勉強なんてしてない。ぼくは目の前のものを正確に描こうと思ってるだけだ」

私は、夢人の返事をきいて、絵もスポーツと同じ、「才能の分野」ではないかと思った。夢人には生まれ持った特別な写実能力があるとしか考えられなかった。

また、夢人は絵だけではなく勉強も優秀だった。夢人の学力があれば、充分、国立大学を狙うことができた。

しかし、夢人が大学に進むことは不可能だった。夢人の両親は、八月に交通事故で死亡していた。田口家は貧しかった。親戚は、全員、夢人の引きとりを拒否した。そのため、夢人は、現在、児童養護施設で暮らしていたのだ。夢人は、「施設は高校まではいかせてくれる。いまのぼくの願いは、卒業後、施設が提携している自動車の部品工場で働くことなんだ」といった。

一九九一年、私は高校を卒業して京都の国立大学教育学部に進学した。夢人は希望どおり自動車工場に就職して寮に住むようになった。私は、このころには夢人とつきあうようになっていた。ちなみに、夢人は、「高校の卒業記念」に、超難関といわれる東京の芸術大学を受験して見事に合格していた。合格通知をみせてもらったとき、私は、改めて、夢人の実力は本物だと思った。

この世界には夢をあきらめなければならない人間がたくさんいる。大学を辞退せざるをえなかった夢人もその一人だろう。それでも、私は、夢人の才能は、いつか多くの人びとに認められると信じていた。

一九九五年、私は大学を卒業して教員免許を取得した。そして、四月から地元の中学で教鞭をとるようになった。

二年後、私は夢人と結婚した。夢人は、「ぼくは天涯孤独のようなものだから」といって、自分の意志で、姓を田口から南に変えた。さらに、私の両親とも同居してくれた。

二〇〇〇年。結婚三年目で、私は長女を出産した。彩華《あやか》と名づけた。私はホームページをつくって娘の日常をつづった。夢人は彩華や琵琶湖に訪れる人びとをスケッチしてホームページにアップした。夢人の鉛筆画は本当に生きているようだった。そして、夢人は、一枚の絵に、必ず、一カ所、黒以外の色を使った。たとえば、彩華の唇をピンクにしたり、観光客のスカーフを黄色に塗ったりした。このワンポイントの色使いは私の目からみても魅力的だった。

それから、夢人は、毎年、大判の画用紙に家族の肖像画を描いてくれた。私はその肖像画を台所の壁に順番に貼っていった。

二〇〇二年、私たちのホームページに出版社の編集者からメールがとどいた。夢人に新進作家の単行本の表紙絵を描いてほしいということだった。

夢人は出版社が指定した女優を描いた。そして、女優の頬を伝う涙を赤く塗った。

この単行本が発売されると、すぐに表紙絵が評判になった。私たちのホームページの閲覧数は急増し、夢人に挿絵《さしえ》の依頼が次つぎとはいってきた。

私は、毎日、彩華・夢人・父親・母親と笑顔で過ごした。私たちは朝日に輝く琵琶湖が好きだった。朝、晴れていれば、家族でベランダにでて美しい水面を眺めた。

私は、この明るく楽しい日々がいつまでもつづくと心から信じていた……。

二〇〇六年、六十八歳の父親が脳梗塞で倒れた。父親は顔がゆがみ左半身がマヒした。

二〇〇九年、こんどは母親が父親の介護疲れからうつ病を発症した。母親は、毎日、「生きていてもしょうがない」といった。

二〇一三年をむかえた。私と夢人は四十一歳になった。

四月、彩華は中学校に入学した。六月にはいって、彩華がたびたび学校を休むようになった。私は心配で、彩華に黙ってカバンのなかを調べた。ノートに、「死ね」「二度と学校に来るな」「顔をみせるな」と書かれていた。彩華は学校でいじめにあっていたのだ。

父親、母親、彩華は自分の部屋に引きこもるようになった。私と夢人は働きながら、父親を介護し、母親を通院させ、彩華を励ました。しかし、私と夢人がどれだけ努力しても家族に笑顔は戻らなかった。

南家は、暗く重い雲に覆われつづけた。

九月二十五日午後四時、私が勤める中学に夢人の職場から電話がはいった。自動車工場で爆発がおこり夢人が病院に運ばれたという。

私は学校を飛びだした。

二十分後。私が病院に到着すると、玄関で夢人が待っていた。私は胸をなでおろした。

「あなた、よかった。心配したのよ」

私は夢人の手をにぎろうとして、絶句した。

夢人の左手に包帯が巻かれている……。

「ひ、左手、どうしたの？」

夢人がくちびるをかむ。夢人は、爆発で飛び散った金属の破片によって左手の人差し指と中指の浅指屈筋腱《せんしくっきんけん》と深指《しんし》屈筋腱を断裂していた。神経も損傷していた。夢人は、「指先の感覚は元に戻らないかもしれない」といった。それは、もう二度とあの精密な絵を描くことができないということだった。

私は、目の前が真っ暗になった。そして、「人間はすべてを取りそろえたいと思う。そうして、やっとこれらのものがみなそろったと思っても、それはほんの束の間で、すぐにまた消え失せてしまう」ということばを思いだした……。

自動車工場の爆発事故はニュースで報じられた。挿絵画家の南夢人が負傷したことも伝えられた。夢人は挿絵の仕事をすべてキャンセルした。

午後八時。私と夢人は台所で食事をしている。夢人が右手で器用に箸を扱う。

夢人は右手もある程度自由に使えるんだ。

　そのとき、台所のガラス戸があいた。そして、父親と母親と彩華がはいってきた。父親は二人に抱きかかえられている。

「ゆ、夢人くん、た、大変だったな……」

　父親は脳梗塞の後遺症でスムーズにしゃべることができない。

「お父さん、大丈夫です。入院する必要もなかったぐらいですから」

「ゆ、夢人くんにひとつお願いがあるんだ。さ、さっき三人で話したんだが、ひ、久しぶりに、か、家族の絵を描いてもらえないかな」

「お父さん、なにいってるの。夢人は左手をけがしたのよ」

「智恵、わ、わかってる……。ゆ、夢人くん……。右手で、いいんだ……」

　夢人が息をのむのがわかった。私は台所の壁をみた。家族の肖像画は父親が倒れた二〇〇六年以降描かれていない……。

　夢人はしばらく自分の右手をみつめていた。そして、透き通った眼差しで、

「わかりました」と答えた。それから、私たちは応接間に移動してソファーに座った。夢人は画用紙にむかってひたすら鉛筆を動かした。

一時間後、絵が完成した。私は七年ぶりに描かれた家族の肖像画をみた。

夢人の持ち味は優れた写実性だった。残念ながらその能力は完全に失われていた……。

だけど、夢人が右手で描いた私の顔は左右対称だった。右目と左目は同じ大きさだった。

父親の顔はゆがんでいなかった。

母親と彩華は明るい表情だった。

背景には朝日に輝く琵琶湖が描かれていた。

そして、肖像画はモノクロではなかった。私たちの姿は色鉛筆できれいに彩色されていた……。

夢人の左手は精密機械のように目の前のものを正確に写しとった。それは、ときに、他人に知られたくない欠点までを明らかにした。だけど、夢人の右手は私たちの短所を隠してくれている。それぞれの人間が本来持っている光を見事に描いてくれている。

私は涙がこぼれた。この絵には希望が満ちていると思った。父親と母親も嗚咽している。彩華が私の胸に顔をうずめる。私は、彩華を、強く、つよく、抱きしめた……。

午後十一時。私は家族の肖像画をホームページにアップした。そして、「南夢人は左手を使うことができなくなりました。これは夢人が右手で描いたものです。私たち家族は、この、『希望の絵』が大好きです」と添書きした。

次の日から、父親は積極的にリハビリをおこなうようになった。母親も父親の介護を再開した。彩華は、毎日、学校に通った。

一週間が経った。十月二日、出版社の編集長から夢人にメールがきた。私は家族と一緒にメールを読んだ。編集長は夢人の体調を気遣ったあとに、「私はこれほどあたたかくて命の輝きを感じる絵をはじめてみました。夢人さん、弊社から出版する幼年童話の挿絵を描いてもらえないでしょうか。私は夢人さんの右手が生みだす絵は、必ず、多くの子どもに生きる勇気を与えると信じています。どうか、よろしくお願い申し上げます」と記していた。

私は胸があつくなった……。

この世界のすべては移ろい変わっていく。幸せを得ても、それは束の間で、すぐに消え失せてしまう。私は、彩華が生まれ、夢人が挿絵画家としてデビューしたときとても幸せだった。しかし、その後、父親は脳梗塞で倒れ、母親はうつ病を患った。彩華はいじめをうけた。さらに、夢人は左手を負傷した。

私たちが築いた幸せは、あっという間に崩れてしまったのだ……。

だけど、左手の自由を失った夢人は、残った右手で希望に満ちた絵を描いた。

幸せが壊れたら、違う形の幸せをつくる努力をすればいい。暗闇のなかでも、あきらめずに前をみて歩いていけば、いつか、きっと、新たな光に出逢えるはずだ。

夢人と彩華と両親が笑っている。南家の頭上を覆っていた暗く重い雲がはれていく。

私はうれしくてたまらなくなった。そして、これから、もう一度、家族と力をあわせて、新たな幸せにむかって歩んでいこうと強く心に誓った。

光の歌

私は一九六九年に大阪の下町で生まれた。両親は、私が、「大空を羽ばたくような人間になってほしい」と願い、「翼《つばさ》」と名づけた。

私たちは文化住宅という二階建て長屋に住んでいた。父親と母親は、『吉田食品』の工場で働いていた。私の夢は、いつか両親に一軒家をプレゼントすることだった。

母親は貧しいなかで私にエレクトーンを習わせてくれた。私はエレクトーンが好きだった。毎日、二時間以上練習した。

一九八五年、私は高校に入学した。このころから自分で作詞作曲をするようになった。

高校三年生の秋、私は、「光の歌——君へ」という人生の応援歌をつくった。

そして、この楽曲を複数のレコード会社に送った。すると、『パブリックミュージック』というレコード会社から電話がかかってきた。

「はじめまして。代表の立花《たちばな》と申します。翼さんの詩とメロディは透明感があって美しいと思います。キーボードも上手いですね。翼さん、一度、東京にきていただけませんか？」

週末、私は東京にいった。そして、『パブリックミュージック』の応接間で立花社長とむき合った。

立花社長は、「『パブリックミュージック』は大衆音楽という意味です。しかし、大衆音楽には、『成功の方程式』がありません。私も何がヒットするかがわかりません。ただ、『光の歌』には大きな可能性を感じます。翼さん。是非、私のところから、『光の歌』を発売させてください」といった。

翌一九八八年二月十七日、私は、「光の歌――君へ」でデビューした。二日後、私が学校から帰宅すると電話が鳴った。受話器をとる。母親からだった。母親は声を弾ませて、「今、工場のラジオから翼の歌が流れてる。誰かがリクエストしてくれたのよ。社長さんもみんなもすごく喜んでるわ」といった。ラジオをつける。本当に、「光の歌」が流れてきた。私は胸が高鳴った。そして、この瞬間、自分が翼を広げて大空に飛び立ったように感じた。
三月。私ははじめてテレビに出演した。「現役高校生シンガーソングライター」と紹介された。私はキーボードを弾きながら、心をこめて、「光の歌」を歌った。

♪凍てつく街。冷たい雨。
何もみえない。誰もいない。
暗闇の中でぼくはたった一人。淋しくて、苦しくて、心も体も動かない……。
この歌が聞こえる？　君へ贈る愛の歌。
この歌が聞こえる？　世界を照らす光の歌。
うつむかないで。君は一人じゃない。
顔を上げて。希望は目の前にある。
光が君を包みこむ。光がすべてを輝かす。
この歌を君へ。
光の歌を君へ。

「光の歌」のCDはこの出演がきっかけとなって売上げが急増した。ちなみに、『吉田食品』の社長は、「光の歌」を百枚以上購入してくれた。

私は高校卒業後、迷わず上京した。そして、『パブリックミュージック』の寮に住んで楽曲づくりに専念した。

九月、私の二作目が発売された。「光の歌」と同じ雰囲気の曲だった。しかし、売上げは伸びなかった。立花社長は、「大衆音楽には、『成功の方程式』がありません」といった。同じような曲でもヒットするものとしないものがある。それはひとつ間違えば出口のない迷路をさまよいつづけるということだった。

その後、「光の歌」の印税がはいってきた。私の場合、作詞・作曲に実演家印税（歌唱印税）が加わった。それは驚くほど大きな金額だった。私は大衆音楽の世界には夢があると思った。父親と母親は、「印税は自由に使えばいい」といった。だけど、私は両親のために一軒家を建てることにした。印税は頭金を十分まかなえるものだったのだ。五十坪の土地に新築の家が完成したとき、両親は泣いた。私も涙がとまらなかった。私はこんなに早く夢が実現したことが信じられなかった。そして、「これからもたくさん親孝行をしていこう」と強く心に誓った。

その一方で、私は、三作目・四作目もヒットに恵まれなかった。楽曲そのものはよくなっているはずなのに売上げは落ちつづけた。

私はテレビに初出演したとき、「現役高校生シンガーソングライター」と紹介された。私は高校生という肩書によって大衆に受け入れられたのかもしれない。その場合、私がスポットライトを浴びることは二度とない。

一九九〇年代、音楽業界は活況を呈《てい》した。百万枚を超えるヒット曲が次つぎ生まれた。ただし、その多くはドラマや映画のタイアップ曲だった。楽曲だけで勝負している私のCDはまったく売れなかった。私はまさに出口のない迷路をさまよいつづけた……。

一九九九年。私は三十歳のときに、『パブリックミュージック』との契約を解除した。最後の三年間はCDをだすことができなかった。

私は寮をでて新宿区の共同アパートに引っ越した。アパートは安普請《やすぶしん》だった。雨が降るとトタン屋根が大きな音をたてた。その後、私は小さな運送会社に就職した。毎日、軽トラックを運転して東京都内を走った。

一年が経った。生活は苦しかった。私はこの状況を変えるために、もう一度音楽をやることにした。仕事が休みのときに下北沢のライブハウスで弾き語りをはじめた。私の名前はまだ通用した。ライブは毎回満員になった。

常連客のなかに伊藤由紀《いとうゆき》という女性がいた。由紀は私より七つ年下だった。墨田区出身で大学を卒業したあと一般企業に勤めていた。

由紀は、いつも、「翼の歌はまた認められるわ。絶対新しいCDもだせる。私、ずっと応援してるからね」と励ましてくれた。

私たちは自然とつきあうようになった。

年月が過ぎていく。二〇〇九年。私は四十歳になったことをきっかけにしてライブ活動を辞めた。もう夢を追う年齢ではなかった。私には本当の才能がなかったのだ。それから、音楽業界は一九九〇年代の盛況が嘘のように冷え切っていた。パソコンの普及により多くの人が自分の好きな音楽をインターネットの無料サイトできくようになっていた。その結果、CDの売上げは激減した。大衆音楽は夢のある世界とはいえなくなっていた。

また、私は由紀と別れた。由紀は私の存在そのものを愛しているといってくれた。だけど、共同アパートに住んで荷物運びをしている人間に未来などない。由紀を幸せにする男性は他にいるはずだった。

負の連鎖はつづいた。翌年、私は失業した。私が勤めていた運送会社が倒産したのだ。私は高校生のときに歌手デビューした。資格は何もない。そのため就職活動は困難を極めた。結局、私は工事現場で働くことになった。

四年が経った。二〇一四年。今年、私は四十五歳になる。相変わらず共同アパートに住んで力仕事をしている。私は半年ほど前から腰痛によってたびたび仕事を休むようになった。生活はより厳しくなった。そのため、テレビは処分した。私は、毎日、ラジオで雑音混じりの大阪のＡＭ放送をきいた。

七月。私は家賃と光熱費、携帯電話料金を払うとまったく現金がなくなった。母親は、「『吉田食品』の社長さんはいつでもおまえを雇うといってくれてる。翼、大阪に帰っておいで」といった。両親はすでに年金生活を送っている。ただ、今でも、『吉田食品』が忙しいときには手伝いにいっていた。

由紀は別れたあとも頻繁に連絡をくれた。九月二日。私は腰痛で動けなくなった。由紀は心配してアパートにきてくれた。

「翼、もう一人で生活するのは無理よ。私は誰とも結婚しない。あなたと一緒に生きていければそれでいいの」

私は何も答えなかった……。

由紀がラジオを手にとる。ラジオからはノイズ混じりの大阪弁が流れている。

「え、これ、大阪の番組？　東京でもきこえるのね……」

由紀はしばらくラジオをみつめていた。

二カ月が経った。十一月五日。私は道路工事の仕事にでかけた。しかし、腰の痛みがひどくなり早引けさせてもらった。

午後三時。私は共同アパートに帰ってきた。廊下を這いながら自分の部屋にむかう。両親は、私が、「大空を羽ばたくような人間になってほしい」と願い、「翼」と名づけた。だけど、私が空を飛んだのは一度だけだった。そのあとは地面を這いずり回っている。私には、もう生きる価値がないように思えた。

部屋にはいってラジオをつける。そのとたん、私は深い眠りに落ちた……。

どのぐらい時間が経ったのだろう？

私は寒さで目が覚めた。凍えるようだ。雨がトタン屋根を打っている。真っ暗で何もみえない。私はこの世界にたった一人だ。淋しくて、苦しくて、心も体も動かない……。

そのとき、ラジオから懐かしいメロディが流れてきた。

私は息をのんだ。これは……。

♪凍てつく街。冷たい雨。

何もみえない。誰もいない。

暗闇の中でぼくはたった一人。淋しくて、苦しくて、心も体も動かない……。

「光の歌」だ。私は呆然とした。「光の歌」の歌詞は、まさに今の自分の姿だったからだ。

♪この歌が聞こえる？　君へ贈る愛の歌。

この歌が聞こえる？　世界を照らす光の歌。

うつむかないで。君は一人じゃない。

顔を上げて。希望は目の前にある。

光が君を包みこむ。光がすべてを輝かす。

この歌を君へ。

光の歌を君へ。


私は、顔を覆って号泣した。

「光の歌」は人生の応援歌だ。二十七年のときを経て、私は自分がつくった歌に励まされている……。

携帯電話が鳴った。母親からだ。

通話ボタンを押す。母親は涙声で、「今、ラジオから、『光の歌』が流れてる……。翼……。おまえは私の誇りだよ」といった。

私は嗚咽した。しばらく声がでなかった。

「お、お母ちゃん……。おれ、家を建てたとき、もっとたくさん親孝行ができると思ってた。だけど、そのあと何もできなかった。それどころかお母ちゃんとお父ちゃんに心配ばかりかけてきた。本当に、ごめん……。お母ちゃん……。おれ、大阪に帰ってもいいかな……。『吉田食品』の社長さんはまだおれのこと覚えていてくれるかな……」

「翼、戻っておいで。社長さんはずっとおまえのことを気にかけてくれてる。何も心配しないで社長さんのお世話になりなさい」

母親の声は慈愛に満ちていた……。

一時間後。由紀がやってきた。由紀は口を結んで携帯用ラジオを差しだした。

「さっき、『光の歌』が流れてた……。私、すごくうれしかった」

「おれ、大阪に帰るんだ」

由紀の表情が強張る。

私は由紀の目をしっかりみた。

「由紀……。ついてきてくれるか？」

次の瞬間、由紀は私の胸に飛び込んできた。

私には、翼がない。私は一生地面を這いずり回らなければならない。だけど、私の目の前には、由紀・母親・父親という希望が、光がある。私は、これから、自分の全存在をかけて、由紀を、母親を、父親を守っていこう。

「翼。私たち、絶対、幸せになろうね」

由紀の笑顔がまばゆい光を放つ。
私はその限りない光の中で、すべての想いをこめて、力一杯、由紀を抱きしめた。

一緒に

私は一九七〇年に神奈川県で生まれた。大阪で万国博覧会が開催された年だった。

私が中学へあがるとき、両親は一軒家を購入した。父親は日当りのよい部屋にはいって、「ここが優子の勉強部屋だぞ」といった。私は子ども心にも自分の家を持てたことがうれしかった。

それから私は充実した学生生活を送った。そして、一九八九年、バブル絶頂のときに短大に入学した。このころ、日本全体が浮足立っていた。たとえば女性が男性を選ぶ基準は、人柄よりも、見た目や地位・名誉・財産といったものだった。

一九九二年六月四日。私は二十二歳のときに、デザイン会社社長の榊原利也《さかきばらとしや》と結婚した。利也は背が高くて彫りの深い顔立ちをしていた。長髪が似合っていた。イタリアのスーツを着こなして高級外車を運転する姿はとてもかっこよかった。

その後、私たちは横浜の分譲マンションで新婚生活をスタートさせた。翌年、赤ちゃんが誕生した。正輝《まさき》と名づけた。

私は毎日が楽しかった。そして、この幸せがずっとつづくと信じていた。

しかし、一九九九年、正輝が六歳のときに利也のデザイン会社が倒産した。バブルが弾け、次つぎと会社がつぶれているときだった。

私たちはほとんど何も持たずに川崎の賃貸マンションに引っ越した。高級スーツと外車を失い、髪の毛が薄くなった利也はみすぼらしくみえた。だけど、利也は会社を失くしてもプライドだけは高かった。そのため、嫌なことがあるとすぐに仕事を変えた……。

二〇〇三年、正輝は十歳になった。この年の秋、利也がまた仕事を辞めた。

「どこの世界にこんな安い金で真面目に働く人間がいる？　おれは給料分の仕事

はしてるんだ。それを能無しみたいにいいやがって」

「あなた、いい加減にしてよ。仕事を辞めたのは五回目よ。そのたびに会社を非難して自分を正当化してもしょうがないでしょ。あなたには何の資格も能力もないんだから、他人に頭をさげないとどうするの」

「だまれ！」

利也がどなる。

「おれの悪口ばかりいいやがって。こっちの調子がいいときには甘えて、会社がつぶれたら牙をむくってか。おまえ、一度でもおれを支えてくれたことがあるか？　おまえがこんな人間だと知ってたら結婚などしなかった」

「それはこっちのセリフよっ」

そのとき、「うあああ――っ」という悲鳴がきこえた。

「お母さん、お父さん、もうやめて……。喧嘩しないで。お願いだから仲よくして」

正輝は身体をふるわせて泣いていた……。

それからも利也は仕事を転々とした。そして、私たちが喧嘩をするたびに、正輝は大声で泣いた。

二〇〇六年、正輝は中学に入学した。このころ、私たちはマンションでピョン太という名前のうさぎを飼っていた。ある日、ピョン太が食事をとらなくなった。病院で診てもらうとすい臓の機能が弱っているといわれた。

しばらくして、ピョン太は動かなくなった。学校から帰ってきた正輝は、何時間もピョン太に声をかけつづけた。

「正輝、もう十一時よ。はやく寝なさい。ピョン太には何もきこえてないわ」

「そんなことないよ。生き物の五感のなかで最後まで残るのは耳なんだって。動けなくてもぼくの声は届いてる……。ピョン太、がんばれ。ぼくがついてるからな」

結局、ピョン太は明け方に死んだ。正輝は、「ピョン太のことは絶対忘れない。ぼくの心のなかでいつまでも生かしていく」といった。

そのことばどおり、次の日から、正輝はピョン太の写真に手をあわせつづけた。

私は正輝の姿をみて、「死とは何だろう?」と思った。ピョン太は肉体を失った。だけど、正輝の心のなかにはちゃんと存在しているのだ。

二〇〇九年、正輝は市内で一番の高校に進学した。正輝は、毎日、四時間勉強した。趣味といえば車やバイクの雑誌をみるぐらいだった。それから、正輝は高校時代に一気に身長がのびた。父親譲りの彫りの深い顔立ちもあって女子からはよくもてた。

そして、二〇一二年三月、正輝は第一志望の国立大学に合格した。合格通知を手にした正輝は、「お母さん。ぼく、将来、司法試験に挑戦したい」といった。

正輝は私の希望だ。

この子ならきっと自分の夢を叶えるだろう。

四月五日、大学の入学式がおこなわれた。正輝は家に帰ってくると、春休みに購入した中古の二五〇ccのバイクに乗って笑顔でツーリングにでかけた。

午後四時、電話が鳴った。

私は洗いものの手をとめて受話器をとった。

「すみません。榊原正輝さんのお宅ですか?」

「ええ。私は母親です」

「警察の者ですが、じつは、正輝さんが事故をおこされたんです」

「え、だれかにけがを負わせたんですか？」

「いいえ、自損事故です。ただその状況が……。お母さん、気持ちをしっかり持ってきいてください。正輝さんは首都高速のカーブを曲がりきれずに六メートル下の道路に落下したんです」


私と利也が病院に到着したとき、正輝は手術の最中だった。警察の人から事故の様子をきいた。正輝は頭から地面に落ちたそうだ。ヘルメットは真っ二つに割れていたという。


手術中のランプが消えた。執刀医が私たちの前にやってくる。

「……正輝くんは頭がい骨・鎖骨・尾てい骨を骨折していました。内臓の損傷もありました。そのなかでも脳挫傷《のうざしょう》は深刻でした……。すでに脳の半分以上の機能は失われています……。正輝くんが再び意識を取り戻すことはないと思ってください」

正輝が植物人間になる? 私はあまりの衝撃にそのまま廊下に倒れこんだ……。

正輝は個室にうつされた。その姿は変わり果てていた。体中が包帯でまかれていた。髪の毛はすべて剃《そ》られ、頭には縫合《ほうごう》の跡があった。顔は大きくゆがんで右目と左目の位置がずれていた。さらに口も曲がっていた。

私は毎日病院に泊まった。意識だけでも戻ってほしいと願いつづけた。しかし、正輝は微動だにしなかった。

五月五日。正輝が事故をおこしてからひと月が経った。この日、利也がまた仕事を辞めてきた。今回の宅配会社は半年しか持たなかった。私と利也は病室で口論した。

「あなた、明日からどうするの。正輝の入院費だって必要なのよ」

「すぐに次の仕事をさがす。とにかくあんな会社はたくさんだ」

「たくさんなのはあなたのほうよ。もう別れる。離婚よ。私は正輝と二人で生きていくわ」

正輝をみる。その瞬間、息がつまった。

正輝の両目から涙がながれている……。

そういえば、昔、正輝は、「五感のなかで最後まで残るのは耳なんだ」といっていた。正輝は脳の半分を失った。手足を動かすこともできない。それでも私たちのことばは聞こえているんだ。

私は利也に目配せした。利也は正輝をみて顔色を変えた。

「あなた……。正輝は全部わかってるのよ」

利也は口を結んでうなずいた。


翌日、利也は、宅配会社に謝罪にいった。そして、これまでどおり働かせてもらうことになった。

利也は、「生まれてはじめて土下座した……。優子にも苦労ばかりかけてすまない」といった。利也が私にあやまったのははじめてだ。プライドをすてた主人の姿をみて、私も自分をふりかえってみた。私は利也を責めすぎたのではないだろうか？　利也は会社を辞めても必ず次の仕事をみつけてきた。私と正輝への責任は果たしてきたのだ。

正輝は、ずっと、「お父さん、お母さん、喧嘩しないで」と訴えていた。もう正輝を悲しませてはいけない。正輝のためにも、これからは夫婦仲良くしていこう。

「あなた……。私のほうこそごめんなさい」

私は素直に利也に頭をさげた。

六月四日。私と利也は病室にいる。

「正輝。お母さんとお父さんは、今日で結婚二十周年なのよ」

「正輝、お父さんが頼りなくてごめんな。それでも、おれは、お母さんと正輝を守っていくからな」

正輝の表情は手術を終えてからまったく変わっていない。顔はゆがんで口は曲がったままだ。だけど、いま、私は正輝が喜んでいるように感じた。

「あなた、正輝が笑ってるわ」

利也に声をかける。利也が正輝をのぞきこむ。その目から大粒の涙がこぼれ落ちた。

「本当だ……。正輝、いい笑顔だぞ。かっこいいぞ……。そうだ、写真をとってやる」

利也はスマートフォンをとりだした。


次の日。六月五日午前四時二十七分。

事故をおこしてからちょうど二カ月目に、正輝は息をひきとった。

私は、お葬式に、きのう利也がとった正輝の笑顔の写真を選んだ。お通夜には三百人以上の参列者があった。みんな、遺影をみて驚いていた。お焼香を終えた女の子が私にむかって、「どうしてこんな写真を選んだんですか？　正輝くんはすごくかっこよかったのに……。ひどいと思います」といった。

お通夜の読経が終わってから、私と利也は手をつないでマイクの前に立った。

「ひとつだけお伝えしたいことがあります」

私は式場を見渡していった。

「正輝の写真にショックをうけた方も多いことでしょう。事故をおこしてから正輝の意識は一度も戻りませんでした。だけど、耳はきこえていました。私と夫は、毎日、息子に話しかけました……。ううぅぅぅ……」

視界がゆがんで涙があふれでた。私はしばらく嗚咽した。

「皆さん、正輝の写真をみてください……。この写真は笑っているんです。正輝の最高の笑顔なんです……。これが私と夫が愛した正輝です……。どうか、ご理解ください」

利也がつないだ手に力をこめる。私も利也の手を強くにぎりかえした。

六月七日午後五時。私と利也は初七日《しょなのか》法要を終えてマンションに帰ってきた。私たちは、白い棚に、写真とお骨とお位牌《いはい》をおいた。

「あなた……。正輝は、うさぎが死んだとき、『ピョン太のことは絶対忘れない。ぼくの心のなかでいつまでも生かしていく』といったのよ……」

正輝の肉体はなくなった。だけど、正輝は私の心にいまも確かに存在している。

私は思う。人間の本当の終わりとは、息が絶えたときではなく、すべての人から忘れ去られたときではないだろうか。

「私、正輝を生かしつづける……。あなた、これからも正輝と三人で歩んでいこうね」

利也は涙をふいてうなずいた。

正輝の写真をみる。

「正輝……。あなたは私の希望だから……。ずっと、ずっと、一緒だよ」

私は、すべての想いをこめて、正輝に笑いかけた。

著者紹介
浅田宗一郎（あさだ・そういちろう）
1964年大阪市生まれ。住職。児童文学作家。著書『さるすべりランナーズ』（岩崎書店）で第34回児童文芸新人賞受賞。他に、大衆演劇の世界を舞台とした、『光の街――出逢劇団の人びと』（岩崎書店）、『涙があふれて止まらないお話』『拭いても拭いても涙がこぼれるお話』『読むたびに、心がスーッと澄みわたるお話』（以上、ＰＨＰ研究所）などがある。

この作品は、2015年３月に刊行された単行本『涙があふれて止まらないお話』を加筆・修正したものです。

ＰＨＰ文庫　お坊さんがくれた
涙があふれて止まらないお話

2018年12月17日　第１版第１刷

著者　浅田宗一郎
発行者　後藤淳一
発行所　株式会社ＰＨＰ研究所
東京本部　〒135-8137　江東区豊洲5-6-52
第四制作部文庫課　☎03-3520-9617（編集）
普及部　☎03-3520-9630（販売）
京都本部　〒601-8411　京都市南区西九条北ノ内町11

PHP INTERFACE　https://www.php.co.jp/

組版　株式会社PHPエディターズ・グループ
印刷所　共同印刷株式会社
製本所　東京美術紙工協業組合

ISBN978-4-569-76869-4